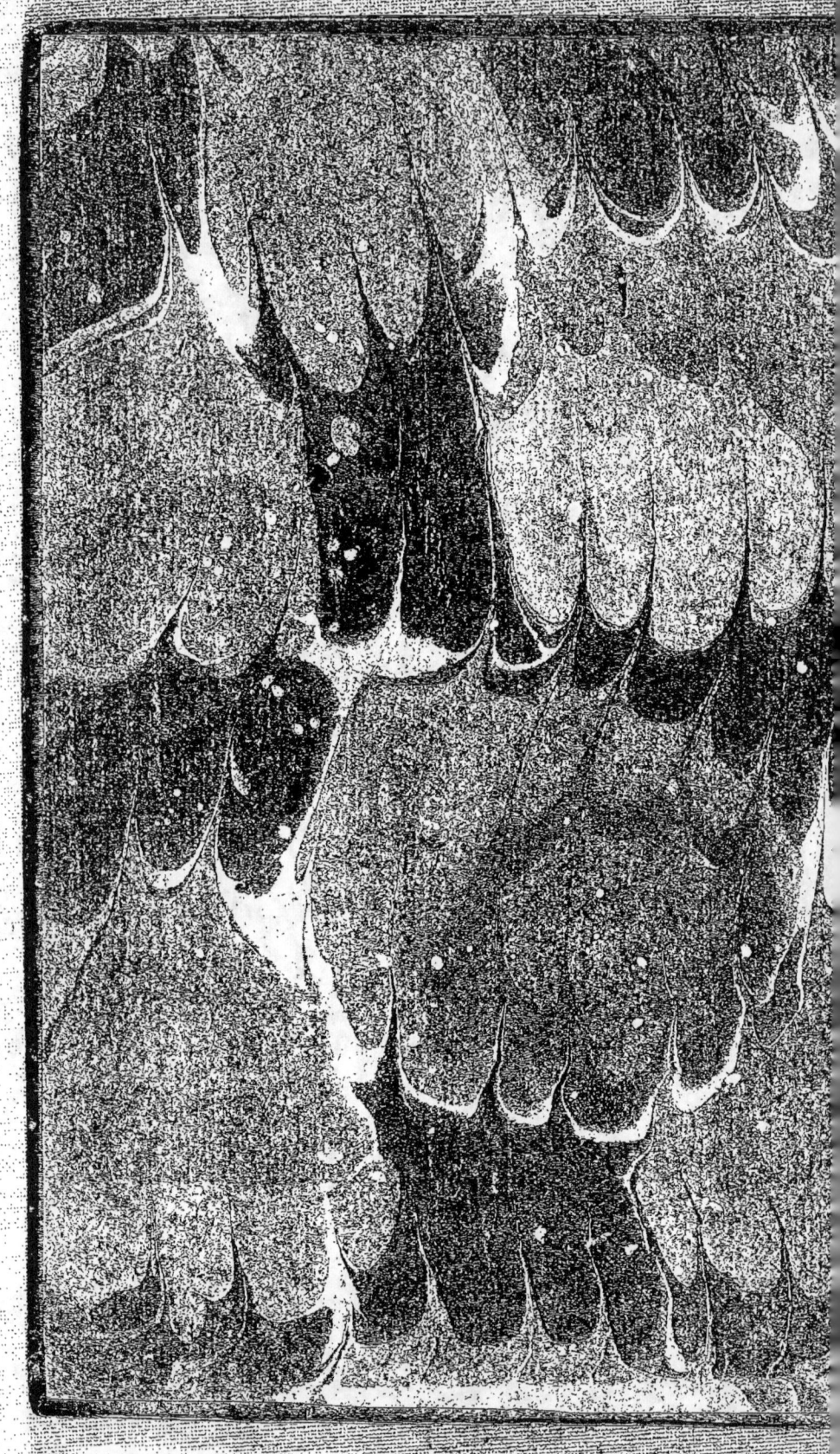

B. Letters N°

C. de Myon. 17341.

# TRAGECOMEDIE
## SVR
# LES AMOVRS
## DE PHILANDRE
## ET MARISEE.

*Par GILBERT GIBOIN, HARPEVR,*
*Arithmeticien, & Maistre Escriuain en la*
*ville de Molins en Bourbonnois.*

SION · SPES · MEA · IN

## A LYON,
# PAR IONAS GAVTHERIN.

M. DC. XIX.
*Auec permission.*

# A HAVT ET PVISSANT
SEIGNEVR MESSIRE HONORE' D'VRFE', Cheualier de l'Ordre du Roy, Marquis de Bugé & Vairommé, & Baron de Chasteaumorand.

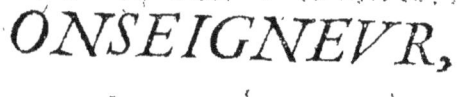
## ONSEIGNEVR,

Ce seroit estouffer le feu de mon deuoir, sous les cendres d'oubly, si esclairé des luisans rayons de vos vertus, ie ne consacrois sous leur sauuegarde ce ieu tragique, qui ne peut (s'il n'est marqué du seau de vostre puissance) resister aux canons foudroyans, desquels la calomnie commence à battre sa forteresse : si vostre adueu fauorise tant soit peu le rempart de ce dessein, ie me pourray vanter d'auoir acquis ( dans le chăp

4

d'vn loisir interrompu ) des marques af-
sez fortes , pour abbaisser la voix de ce
Critiques reformateurs, & de me pouuoi-
introduire auec plus d'asseurance soubs la
solde honorable , que ie dois au sanctuai-
re de vos disertes Muses , ausquelles &
à vostre grandeur ie sacrifie , auec autant d'humilité mon obeïssance, comme i
desire l'enrooler soubs le nom de

Vostre tres-humble , tres-obeis-
sant & tres-affectionné seruiteur,

GILBERT GIBOIN.

A

# AV LECTEVR.

AMY Lecteur, l'esperance que i'ay, que tu ne soubstrairas le theatre de ton loisir, du silence de ceste Tragedie, m'a fait esclorre les roses de ce subject parmy les rudes espines de mon incapacité, non en intention de molester ton iugement ( si ce n'est qu'il releue & prenne source de la censure ; ains pour te depeindre vn tableau, dont le naturel est reserué au Cabinet du sieur de Neruese, & dans lequel tu peux voir au vif les differentes amours de Philandre. Si tu en iuges les couleurs trop foibles pour le contentement de ton esprit, ie te prieray de croire que, graces à Dieu, i'ay dequoy fournir & satisfaire au mien, & de mes amis, tant par les doux accens du Luth, Harpe, & Mandorre, que par les traicts, & attraicts de l'Escriture, & Arithmetique, qui sont les forces, par lesquelles ie combats ordinairement l'escadron de l'enuie & de pauureté, priant le Souuerain qu'il te donne accroissement de felicité. A Dieu.

A 3     STAN

# A MONSIEVR GIBOIN SVR SA
## Tragedie de Philandre.

## STANCES.

Amour tiet dans ses mains des fleches & des flames,
Dont il blesse les cœurs, & embrase les ames;
Il se fait adorer, comme estant Dieu des Dieux:
Mais s'il n'a quelque esprit, qui remply d'eloquence
Face bruire & sonner sa diuine puissance;
On ne le croira Roy de la terre & des Cieux.

Giboin, ton bel esprit sera son Secretaire,
Dont le graue discours maintenant fera taire
Tous ceux, qui ont parlé des effects de l'Amour:
Ton liure est le tableau, qui au vif represente
Les forces de ce Dieu : poursuis donc ton attente,
Auance ton histoire, & luy donne le iour.

On y voit dextrement des passions depeintes,
On y voit des regrets, des forces, des contraintes,
Des pleurs, des repentirs, & d'extremes rigueurs:
Car, las, si Marisee a chery son Philandre,
Ell' en porte le dueil, puis qu'elle se va rendre
A celle, qui finit nos peines & douleurs.

Ainsi Phyllis, Didon, Ariadne & Medee,
Pleines de desespoir ont leur amour vengee,
Punissant les efforts de leur legereté:
Philandre meritoit, que iamais la memoire
Ne ranimast son nom : toutesfois ton histoire
Tousiours le fera viure en sa deslayauté:

GAIGNEV.

# ARGVMENT.

L'Efcuyer Philandre ayant trauerſé la tierce partie du monde , defireux de chaſſer les groſsieres vapeurs, qui ombragent l'Auril boüillonnant de la ſenſualité, attaqué de celuy qui fille les paupieres humaines, fuſt contraint de flechir foubs l'arreſt inuincible de ſes ordonnances , & d'hypotequer ſes penſees pour les contracter à la douceur de ſes charmes , qui luy firent voir en vn inſtant vne beauté, qui ſe peut placer au rang des merueilles, le lis de laquelle ſe colore du nom de Mariſee, fille du Seigneur d'Amblay d'Auignon, & l'vn des plus renommez vieillards de ſon temps , lequel ayant ietté l'Aurore de ſon amour ſur les deportemens admirables de ce Caualier, ne peut interdire ſon defir de renforcer les douces haleines , qui ſe creoyent de iour en iour en l'aſſociation mutuelle de ces deux belles ames , & de laquelle il euſt veu la fin, ſi la mort ne l'euſt priué de ce droict. Or Philandre voyant ſa fidelle amante detenue foubs le egime d'vn Tuteur, qui la vouloit dôner au Prince Rectiual , l'enleue pour vne nuict, & en peu de temps luy fait voir les liſieres d'Eſcoſſe , où il fit ſeiour douze ans , au bout deſquels il l'a laiſſa char-

A 4 gée

gée de trois enfans,& s'en retourne en Prouenc
auec son aisné, qui faisoit le quatriesme, où estan
il prend vne autre femme; meine son fils dans vr
bois,pour luy vouloir oster la vie;il est surprins pa
des Chasseurs, se sauue de leurs mains, on ne dou
te de luy faire sur le champ son procés par contumace,s'esloigne de deux ou trois cēt lieües de sor
pays,& se rāge envn hermitage,où il s'efforce d'ap
paiser par vne austere vie le Ciel grādement cour
roucé cōtre luy. Marisee aduertie de la trahisō de
son espoux,se prepare vn poison,qu'elle dispose à
ses trois enfans,qui en vn clin d'œil luy fait voir le
riuage,où les Parques triomphent de leurs doüai-
res. Or ce fils, qui seul auoit euité le peril de ce
naufrage,voulant aller à nostre Dame de Lorette
rencontre inopinémēt ce bon Hermite, & l'air de
leurs discours s'esleuāt peu à peu leur decella tou
aussi tost le iour de leur cognoissance, qui s'estoi
estouffee dans les ruines de vingt ans escoulez
sans se voir l'vn l'autre. Leurs adieux reciproque-
ment donnez, l'Hermite pressé de payer le tribut
qu'on doit à nature,eust en vision l'esprit de Marisee,tenant ses trois enfans, qui luy annonce les
douces nouuelles de son salut, acquis au terroir
de sa penitence, & son ame despoüillee de sa cor-
porelle prison s'enuole au Ciel,pour estre reuestue
de la gloire promise à tous les Esleus.

ACTE

# ACTE PREMIER.

Philandre. Deftin. Cupidon.

### Philandre.

Ous le creux Acheron la boüillonnante rage
Defgorgeant la fureur de fon mortel breu-
uage,
Ne verfe tãt de mal fur l'ame des damnés,
Comme l'Amour à ceux, qui de luy font gehennés:
Les foudroyants efclats de tempefte orageufe
Ne iettent leurs efforts fur Ceres fructueufe
Auec plus rude choc, lors qu'vn bife foufflant
Parmy ces fiffletis va fon courage enflant:
Le forfaire enferré, qui mille peines fouffre,
Et qui n'a pour loyer que l'attente d'vn gouffre,
Ne deplore moins l'heur, qui coup à coup le fuit,
Que l'aimer eft amer à celuy, qui le fuit.
I'en parle le fçachant: car tant plus ie refifte
A ce feu brufle-corps, plus mon cœur prend la pifte
De fes forciers appas, & fe va deceuant,
Ainfi qu'vn papillon, qui fa mort va fuiuant.
Quoy? le chetif defdain d'vn fexe fi volage
Peut-il fouler aux pieds vn cœur plein de courage?
Moy, qui par tant de fois me fuis heriffonné

Contre les plus hardis, & qui ay talonné
De si pres le mutin, qu'à force & de furie
Mon bras s'est fait vainqueur du droict fil de sa vie,
Faut-il pour estre aimé resembler vn Adon?
Ou deguiser son teint en mollet Cupidon?
Doit-on estre vn Nestor en sa graue eloquence?
Vn Alcide en valeur & en douce cadence?
Vn Orphee charmeur? Nature ne m'a pas
Du tout leué si haut, bien que i'aye en ces cas
Des traicts plus que bastans, pour attirer par force
Le plus diuin obiect de l'amoureuse amorce:
Mais c'est qu'à ma douleur le Ciel preste sa main,
Pour me lancer au lac d'vn trespas inhumain.
Il y a quelques temps, que le Dieu plein de charmes
Tout esmeu de pitié me receut soubs ses armes,
Et de ses vifs brandons m'embrasa si tres-fort,
Que priué de ses feux ie vis en desconfort.
I'ay flotté sur le dos de Neptun pousse-terre,
I'ay ia enuironné ce que l'Afrique enserre,
I'ay depuis le Leuant au Ponant fait marcher
Mes desirs: mais en vain: car tousiours vn fascher
M'a bourrellé les sens, m'a troublé les esprits,
Pour n'auoir sçeu trouuer celle, dont suis espris:
He! qu'est-ce que ie dis? peut-on faire recerche
De ce qu'onc on n'acquit: non, mais ie sens la meche
De l'Amour, qui s'allume & m'appelle au combat,
Pour desmesler le soing, qui sans cesse m'abbat:
Ie ressens & ces feux, & ces fers, & ses pointes,
Rudes accrauanter en moy mes iustes plaintes,

Et

Et forceant mon desir me veulent faire voir
De ce ieune enfançen l'inuincible pouuoir.
Où tireray-ie donc? iray-ie en Moscouie,
Pour trouuer celle-là, que ne vis de ma vie?
Trauerseray-ie encorles Alpes & les Monts?
Franchiray-ie le saut des monstres furibons?
Feray-ie sur Thetis à la vague escumeuse
Talonner les hasards de ma vie ennuyeuse?
Faut-il qu'encor vn coup ie mette sur le Nil
Au pays bazané ce corps foible en peril?
Faut-il qu'vn desespoir par son sort miserable
Tire à soy mon honneur? iray-ie lamentable
Au milieu des deserts fannir mes tristes iours,
Pour n'auoir de l'Amour aucunement secours?
O Ciel plein de rigueur, n'auray-ie pour partage
De tes dons si communs qu'vne cruelle rage?
Faudra-il qu'à la fin i assassine mes sens,
Et que ie sois l'horreur du mal que ie ressens?
Darderay-ie l'aigreur d'vn fer dedans mes veines,
Pour donner au tombeau mes plus cruelles peines?
Faut-il que pour l'Amour ie me donne la Mort,
Et que d'vn mal si grand ie n'en aye remord?
Destin. Non, l'Amour ne doit pas descocher temeraire
D'vn desdain son bel arc, pour t'estre si contraire.
Philandre. Ha! quel est le gosier, qui soubs si douce voix
abbat de mes desseins les offensiues loix?
st-ce vne voix d'en haut? Dest. C'est vne voix celeste.
hil. Et de qui? Dest. Du Destin. Phil. Ceste clarté l'at-
suis tout esperdu.    Dest. Amy, ne doute rien,    [teste,
                                                    Le

*Le Destin est pour toy, & ne veut que ton bien.*

Philandre.  *O Destin, mon espoir, qui me sembles fidelle*
*Vouloir de mes ennuis soustenir la querelle,*
*Le vol de ton aspect ne me pourroit-il pas*
*Par ta presence heureuse affranchir du trespas?*

Destin. *Ie suis des Dieux sacrés vne tige feconde,*
*Et de qui les effects seuls se font voir au monde;*
*L'œil humain ne peut pas de sa sombre clarté*
*Voir d'vn corps si parfaict l'entiere deité:*
*Mais pour te faire voir leur puissance infinie,*
*Ie me veux transformer en l'estre de ta vie,*
*Et te monstrer au doigt, que ie porte en mes mains*
*Et le bien, & le mal, qui suruient aux humains.*

Philand. *Or ie le vois venir, il faut que ie l'accoste,*
*Et que tout de ce pas deuers luy ie me porte,*
*Peut-estre qu'il fera d'vn gratieux support*
*Ancrer mes volontez à leur desiré port.*
*O surgeon du grand Dieu, donne par ta clemence*
*Trefue au mal, qui sur moy se bouffit d'arrogance,*
*Fay que le desespoir, qui double mes ennuis,*
*Ne palisse mon cœur soubs ses fascheuses nuicts;*
*Donne par ton secours à mon ame esgaree*
*Le fruict delicieux, dont ell'est separee;*
*Fay qu'vn desdain mortel ne m'aille terrassant*
*Au bourbier limonneux d'vn amour languissant;*
*Fay cesser le malheur, qui sans cesse m'attire*
*Au Lycorme profond d'vn trop cruel martyre:*
*Martyre en son effect si fort impetueux,*
*Qu'il ne donne relasche vn moment à mes yeux.*

Destin

Destin. *Estein, mon bien-aymé, le feu de ta cholere,*
*Et chasse le soucy, qui te tient en altere:*
*Car ie vois que pour toy se prepare auiourd'huy*
*Une beauté, qui peut effacer ton ennuy.*
*C'est vn esprit diuin, c'est du monde la perle,*
*C'est vne qui ne peut rencontrer sa pareille;*
*Ses deux Astres iumeaux, s'esgalent au Soleil;*
*La blancheur de sa face au lis, où le vermeil*
*Est posé si à poinct sur ses ioües rosines,*
*Qu'elles font honte au iour, tant elles sont diuines;*
*Sa bouche, qui ne cede au coral rougissant,*
*Estroictement enserre vn discours florissant;*
*Son chef entrelassé d'vne perruque blonde,*
*Telle que l'a Phœbus, ou comme on voit vne onde*
*Poussee d'vn Zephyr, qui flo-flottant fait voir*
*Mille traicts renoüés du tout plaisans à voir;*
*Ses neigeux montelets, voisins d'vn sein d'albastre,*
*Sont à l'Amour du tout dediez pour s'esbattre:*
*Si tu as iamais veu deux boulets yuoirins*
*Esgalement vnis, & tracez des burins*
*D'vn Sculpteur tres-hardy, où gist vne Cerise*
*Subtilement collee & mignardement mise;*
*De mesme sont les siens, & l'Amour ce grand Dieu*
*Te garde cest obiect, pour t'en seruir en lieu:*
*Mais aduise sur tout de luy estre fidelle,*
*Et iamais le Destin ne te sera rebelle.*
Philandre. *Aurore de mes vœux, peux-ie par ces accens*
*En asseurer au vray le mal, que ie ressens?*
Destin. *Le Destin ne se doit appeller variable,*

*Il a le cœur entier , non feint ; mais veritable.*

Phil. *Ha! vray Dieu, qu'est cecy ? mes sens sont tous rauis*
*D'ouyr peindre les traicts de celle, en qui ie vis.*
*O flambeau , qui du Ciel te fais voir en ce monde,*
*Arreste encor vn peu ta trace vagabonde,*
*Tirant le postillon de ton char empenné,*
*Prolonge-luy le train de son cours ordonné,*
*Et me dardes bening de ta torche esclairante*
*Le rayon esperé d'vne si belle attente:*
*Et toy , mon fauory , enregistre mon cœur*
*Aux souuerains cahiers de ta saincte faueur.*

Destin. *Vn desir, qui est bon , n'encourt point de disgrace,*
*Bien qu'vn fatal destin ne l'eust pas en sa grace,*
*Si dans le contrepoix de raison tu te mets,*
*Fidel ie feray voir tout ce que ie promets.*

Phil. *Mais, las! en quel endroict trouueray-ie la belle,*
*A qui ie dois voüer mon seruice fidelle?*
*Où peut estre le lieu , qui tient dedans son clos*
*Ceste grande beauté, seul but de mon repos?*
*Où faut-il desployer l'estendart de ma suite,*
*Pour combattre le camp d'vne telle poursuite?*
*S'il faut courir du Nort au riche Gange Indien,*
*Ou qu'il faille assaillir vn Cheualier terrien,*
*Tant valeureux soit-il, au peril de ma vie,*
*Mon bras de ceste lame abbattra sa furie;*
*Et s'il falloit passer par les abysmes creux,*
*Mon cœur n'espargneroit la chaleur de ses feux.*

Destin. *En ce cas ces hasards du tout sont inutiles,*
*Vos discours seulement y sont les plus vtiles;*

Reste

Reste à moy maintenant par seure inuention
Vous donner de cecy tres-belle instruction:
Car il vous faut sçauoir, que ie suis de Fortune
Truchement tres-certain, pour la rendre opportune,
Et plustost à ceux-là, qui ont vn cœur benin,
Qu'à ceux, qui l'ont remply de fiel, & de venin.
Or vous iugeant discret, & honoré d'vne ame
Propre pour contenter la beauté d'vne Dame,
Ie vous aduertiray, qu'il faut donc en ce point
Regir exactement ce subiect bien à point;
Et pour ne tirer plus en suspens vostre haleine,
Ie veux sans artifice, & auec peu de peine
Vous monstrer le chemin, qu'il vous conuient tenir,
Affin qu'à ce dessein on puisse paruenir.
C'est, puis que vostre humeur est du tout addonnee
A decorer les faicts d'vne nature ornee
D'vn project signalé de quelque antiquité,
Il vous faut soubs cest ombre aller voir la Cité
D'Auignon, qui de soy en est toute suiuie;
Là vous verrez la fleur, qui vous peut donner vie,
Son Pere ia chenu sera par vos attraicts
Contraint de vous monstrer les plus rares pourtraicts
Qu'Appelle figura; entre autres la Deesse
Cyprine & Cupidon, qui de pres la caresse,
Sans mille autres qui sont releuez tellement,
Que Nature feconde y perd tout iugement:
Vos discours luy seront vne subtile amorce,
Qui tireront les siens à vous prier par force
D'accepter librement pour logis sa maison.

Exc.

*Excusez-vous vn peu auec viue raison:*
*Mais faictes comme ceux qui font vn peu de mine*
*Quand on les presse trop d'vne bonne cuisine,*
*Qui de crainte qu'ils ont qu'on rompe leur manteau*
*Courent hastiuement demander vn peu d'eau.*
*Luy qui se plaist du tout aux doux airs de Musique*
*Sera du tout raui en la voix harmonique*
*De vostre Luth vanteur, qui peut par ce moyen*
*Vous rendre en vn instant de son cœur citoyen.*
*Lors Amour, qui sera pour vous en embuscade,*
*Lancera de sa fleche vne viste estocade*
*Directement au cœur de ce diuin obiect,*
*Qui le vostre rendra du tout au sien subiect.*
*Voilà en peu de mots le deu de ma descharge,*
*Suiuez-en le seul train, & faictes vostre charge,*
*Ne vous allez plongeant sur la timidité:*
*Car ce que ie conclus tient lieu de verité.*
*Vous sçauez que le cœur plus il a de prudence,*
*Plus haut fait-il voler sa cupide esperance:*
*Ne doutez donc de ce: car Fortune & l'Amour*
*Vous veulent installer en leur Royale Cour.*
*Armez-vous d'vn espoir, & vous verrez sans peine*
*Produire vos desirs en l'amoureuse plaine.*
*Les Dieux ayant pitié de vos griefues douleurs*
*M'ont çà bas enuoyé pour esteindre les pleurs,*
*Dont vous estiez saisi, & ont fait que visible*
*I'ay paru deuant vous: mais ores inuisible*
*A vos yeux ie seray: car l'enfant de Cypris*
*Pour marque de ses dons son bandeau y a mis.*

                                        *Phila*

Philandre, adieu. Amy, ie te mets en la garde
Du Dieu porte-brandon, voy-le, sa flesche il darde,
Dessille vn peu tes yeux, & tu verras combien
La fortune auiourd'huy te procure de bien.
Phil. Ie pensois qu'vn sommeil m'eust rapporté vn songe,
Qui voilant mon cerueau d'vn crespe de mensonge,
M'eust fait voir clairement, que mon aimé destin
Receuoit auec moy vn somptueux festin,
Et que pres de nous deux paroissoit en Idee
La plus rare beauté, qui fut au monde nee:
Halie suis bien deceu. Mais qu'est-ce que ie vois?
N'est-ce pas l'Archerot armé de son carquois?
N'est-ce pas ce puissant Paphien, qui enflame
Par son feu violent le dedans de mon ame?
N'est-ce pas luy qui tient en sa protection
Le bouclier defensif de mon affection?
O mignard Angelet, ô Dieu Roy de ma flame,
Qui brusles iusqu'aux os & mon corps, & mon ame,
I'implore ton pouuoir de me donner secours
En l'accés esperé de mes chastes amours.
Applique à mes douleurs le cordial remede
De ton diuin conseil, affin que ie ne perde
Mon Auril soubs l'Hyuer d'vn triste desplaisir,
Qui glaceroit le feu de mon iuste desir.
Cupidon. O Soldat fauory de ma royale bande,
Mes plus bouillans desirs ont receu ton offrande:
I'ay pourueu à ton mal, & veux que desormais
Tu sois le Courtisan de ma Cour à iamais.
Quoy? que dis-ie? ie veux t'offrir vne pucelle,

Qui de toutes se peut estimer la plus belle:
C'est d'Amour vn Phœnix, de l'honneur le tableau,
Des vertus le miroir, l'organe le plus beau,
Qui iamais fut poußé d'vne voix admirée,
Mes feux nagent autour de sa treße dorée.
En fin c'est le pourtraict, où Nature & les Dieux
Ont fait voir le crayon de leur art pretieux.
Desrobe-toy de toy, & luy donne ton ame;
Ces coups, ces traicts, mes vœux, & mes feux, & ma flam
Sont les herauts certains de ton entier desir:
Tien, Philandre, pren-les: car tel est mon plaisir,
D'vn subiect plus accort ta mignarde paupiere
Ne se peut esbranler: reprens donc ta carriere.
Le destin t'a monstré l'arc que tu dois tirer,
Descoche à droict, amy, & pour y aspirer,
Prens pour guide ses mots: car ie veux qu'il soit dit,
Que tu sois gouuerneur d'elle sans contredit.
Tu te pourras vanter, que sa grace diuine
Ne cede en rien du tout à ma mere Erycine.
C'est vn arrest du Ciel: tu seras malgré tous,
Car ie le veux ainsi, esleu pour son espoux:
Si le soupçon ialoux te fait entrer en doute,
Suy moy, vien de ce pas, non, prenons ceste route.

## LE CHOEVR.

LA destinée est inuisible
Et si fait paroistre ses faicts,
Sa force est du tout inuincible,
Bien que trop lents soyent ses effects.

Nu

Nul ne peut fuyr l'ombre fatale
Du pouuoir quell'a fur nos corps:
Car nous plongeant en fon Dedale
Rarement nous en met dehors.

Tenant noftre vie enchainee
Elle rompt fon fil limité,
Et d'vne voix defordonnee
Repaift nos cœurs de vanité.

Et attirez deffus fon aifle
En vn lieu haut nous va leuant,
Et d'vne douleur nompareille
Nous change en Irus plus fouuent.

Par fois elle prend de Bellonne
Vne tyrannique fureur,
Et fur noftre chef Tifiphone
Y verfe le meurtre, & l'horreur.

Fortune, tu n'es qu'vne femme;
Et toy, Amour, qu'vn ieune enfant:
L'vn tient fouuent le fiel en l'ame,
Et l'autre le bien nous defend.

Tous les deux ouurirent la porte
A l'infortunee Didon,
Iufqu'à ce qu'vne lame forte
Euft de fon corps fait vn guidon.

Quel guerdon Thisbé & Pirame
Receurent de leur loyauté,
Lors qu'Amour enchanta leur ame
Sous l'effort de fa cruauté?

Qu'en eut la fille Lemnienne,

Qu'vn pernicieux defplaifir,
Lors que dans l'Ifle Gnidienne
Thesé luy frauda fon defir?

Qu'a-il ferui à vn Achille,
Et à vn Aiax valeureux,
A Paris, Hector, & Troyle,
De les auoir ferui tous deux?

L'vn a talonné leur courage
Soubs le feu de fes fers pipeurs:
L'autre par vn cruel carnage
Rauit & leur vie, & leurs cœurs.

Le lafcif nourriffon nous pipe
Par fes emmiellez appas:
Et foubs fa fraudeleufe grippe
Fortune nous guide au trefpas.

Heureux donc celuy, qui peut eftre
Exempt de leur royale Cour,
Et qui fur luy ne vit onc naiftre
Les droicts de Fortune, & d'Amour.


ACTI

## ACTE SECOND.

Philandre. Filin. Damblay. Marisee. Vn Laquais.

### Philandre.

E n'est pas sans subiect, qu'on tient pour
   veritable,
Que tout ce qui s'imprime au grand seau
   secourable
Des hautes Deités, reussit à bon port,
Et trouue pour Asile vn imprenable fort.
L'Amour & le Destin, d'vne aisle inusitee
Ont supporté le vol de ma course, arrestee
Sur vn si bel object, qu'entre les amoureux
Ie me puis à bon droict dire le plus heureux.
D'abord que i'ay paru soubs le sueil de la porte
De l'accessible lieu de ma belle Cohorte,
Son pere m'a receu d'vn œil si à propos,
Que d'autre que de luy ie ne tiens le repos.
I'estois auparauant vne ame vagabonde,
Qui çà, qui là rodoit, courant parmy le monde,
Comme on voit vne nef. qui ne peut prendre port,
Quand Neptune venteux l'agite de son Nort;
Et bien que du Destin, & de l'Amour encore
Ie me deusse asseurer de celle, que i'adore,

Si eſt-ce que pourtant l'eſpoir deſſus mon cœur
Ne pouuoit ſans fremir ſe rendre le vainqueur:
Mais comme vn mal ne peut, exceſſif en ſon eſtre,
Demeurer longuement au lieu, d'où il eſt maiſtre;
Ainſi m'en a-il pris: car la force du mien,
Qui trop ardente eſtoit, s'eſt remiſe en vn bien.

Filin.    Celuy, qui n'a gouſté l'aigre fruict de la peine,
N'eſtime que fort peu le bien, qu'vn ſort ameine:
Quand vous auriez receu cent fois moins de faueur
De celle, qui retient ſoubs l'Amour voſtre cœur,
Vous la tiendriez pourtant vous eſtre auſſi fidelle,
Que ſi voſtre pouuoir vous rendoit maiſtre d'elle.

Philand. Comment, mon cher Filin? auez-vous apperceu
Que d'vn accueil ſi feinct elle m'aye receu?

Filin. Non, ie proteſte aux Dieux, il y a dix annees
Que i'ay fidellement mes peines addonnees
A ſeruir leur maiſon: mais iamais les appas
De rien diſſimuler ne ſuiuirent leurs pas.

Philand. Ha! ie n'en doubte pas, amy: car leur prudence
M'en teſmoigne du tout vne vraye aſſeurance:
Mais le propre d'aimer faict, que communement
Nos paſſions font perdre en nous le iugement,
Et quelque fois auſſi d'vne faueur petite
Nous-nous-en promettons choſe de grand merite.

Filin. Vous ne pouués en nombre aucunement loger
Ce ſoupçon-là chez vous: car d'vn cœur non leger
Madame ne vous aime, & ne cherit voſtre ame:
Ains elle croit ſon feu dans voſtre meſme flame. [ mets;

Phil. Le ſçaués vous, Filin? Filin. Tres-bien, ie vous pro-

                                                              S'il

s'il n'eſt ainſi, Monſieur, du tout ie me ſoubmets
A mourir maintenant. Philan. Mais de quelle aſſeurance
Plus forte pouuez-vous en rendre ma creance?
Filin. C'eſt qu'hier me trouuant pres d'elle à ſon meſçeu
I'ouys qu'elle diſoit : Si mon cœur n'eſt deceu,
Philandre m'ayme fort ; ie voudrois que fortune
De nos deux cœurs euſt fait vn' amour, qui fut vne.
Voilà les meſmes mots, qui d'vn accent charmeur
Deceloient de vous deux les flammes de ſon cœur.
Phil. Mais qui les eſcoutoit ? Filin Sa ſeruante Iuillette,
Qui ſoubs vn entretien ſe monſtroit ſi diſcrette,
Que pour luy imprimer plus auant dans ſes os,
Elle hauſſoit au tiers Ciel de l'honneur voſtre los.
Philand. C'eſt par trop m'obliger, s'il arriuoit pour elle
Quelqu'vn, qui la vouluſt ſeruir de cœur fidelle ;
L'organe me faudroit, ou d'vn eſchange tel
Ie mettrois ſes vertus en vn nombre pareil.
Filin. Sur ce ie vous diray, voſtre belle nature
Charmant beaucoup d'eſprits de ſa viue pointure,
Eſt vn ſecond aymant, qui les attire à eux,
Qui cauſe que ſur tous on vous tient merueilleux.
Philand. Vous me gratifiez de choſe trop exquiſe,
C'eſt à l'ame parfaicte à qui ell'eſt acquiſe.
Filin. Mes diſcours ſont trop nuds pour marquer voſtre    [nom
De la gloire qu'on doit à voſtre grand renom,
Et ne croy pas qu'on peuſt vne ame plus parfaicte
Trouuer ſoubs le lambris de la voute celeſte.
Phil. Vous me donez du plat. Fil. Môſieur, pardonés moy,
La raiſon me contrainct d'en auoir ceſte foy ;

B A                    Ie

Ie suis simple Soldat, non à double visage,
Comme Ianus estoit. Phil. Ha! vous estes trop sage,
Et d'ailleurs ie sçay bien que ceux, qui sont nourris
Au seruice des grands, sont du tout fauoris
De vertu, qui tousiours ennemie du vice
Ne veut que le flatteur luy serue de complice.
Filin. De vertu ie n'ay trop: mais ie suis le sentier
De ceux, qui sont ialoux d'auoir le cœur entier.
Philād. I'ay tousiours creu de vous que vous estiés fidel.
Dāblay. Filin, n'est-il pas-là! Phil. Monseig. vous appel.
Dāb. Filin? Fil. Plaist-il, Monsieur? Dāb. Ie pensois qu'
Fust ce grand Caualier Philandre: ha! ie le voy: [uec t
Dieu donne à vos faueurs ce qu'vn beau cœur desire.
Phil. Dieu donne à vostre cœur tout le bien qu'il aspire.
Damblay. Hé! dictes-moy au vray, Filin n'a pas le ser
De vous entretenir, à ce que ie ressens.
Philand. Excusez moy, Seigneur, ie vous iure & protest.
Que ses mots sont remplis d'eloquence parfaicte;
Et diriés à l'ouyr que c'est vn Orateur,
Qui de profonds discours se monstre estre amateur.
Damblay. Il est assez gentil: mais parlons d'autre affaire
Vous iugerez de moy, que ie vous veux distraire
Des plaisirs, qui sont deus à vostre qualité,
Ne le croyéz ainsi: car i'ay tousiours esté
Desireux de vous voir depuis qu'vne bonne heure
Vous fit voir le Palais ancien de ma demeure;
Et ne suis iamais bien, que lors que i'ay cest heur
De vous dire amplement les concepts de mon cœur:
Iamais homme sur moy n'a gaigné ceste chose,

Et croy que tout mon bien en voſtre eſprit repoſe:
Bref ſi i'eſtois priué de l'eſclair de vos yeux,
La douleur au tombeau feroit cheoir mes ans vieux:
Mais ie ſçay que ce n'eſt le propre d'vn ieune homme
De ſe plaire auec ceux, que vieilleſſe conſomme:
Car autrefois i'ay veu qu'eſtant en mon Printemps
Ie ne cerchois des vieux le chagrin paſſetemps:
Mais aux bals, aux feſtins, à courtiſer les dames,
A picquer vn cheual, à bien tirer des armes,
A chanter en Muſique, à iöuer des inſtrumens,
De tout cecy i'auois quelques commencemens;
Ces belles qualités rendent l'homme loüable,
Et luy font abhorrer le vice deteſtable.
Et voyant qu'en cecy vous eſtes floriſſant,
Mon amitié ſur vous va touſiours renaiſſant,
Et veux que deformais mon cœur ne ſe diſpoſe,
Qu'à cherir voſtre nom, où mon ame eſt encloſe,
Où mes vœux ſolemnels font leur ſtable ſejour,
Pour les mettre au tombeau du clos de voſtre Amour.
Ie ne plains que mes ans, qui ia comblez d'annees
Seront en peu de temps par les ſœurs Deſtinees
Priuez de la clarté de voſtre beau maintien,
Où luit inceſſamment tout le iour de mon bien.
Si vous eſtiez mon fils, ie vous iure, ô Philandre,
Mes accens tremblottans ne vous feroyent entendre
Plus d'aſſeurez propos, pour ſigne du vouloir
Qu'vn pere doit au fils contrainct par le deuoir.
Phil. Monſeigneur, ie ne ſçay d'où dependent les graces,
Que vous m'attribués, veu que tant de diſgraces

Le ciel logea sur moy, lors que ie vis le iour,
Pour me rendre odieux de ce mortel seiour.
Damblay. Le propre de l'esprit germé dans la prude*
Ne coronne son chef des droicts de l'excellence,
Que la faueur du ciel luy peut auoir donné:
Il attend que d'vn autre il en soit coronné.
Philand. C'est vostre volonté, qui prend cest aduant*
Dablay. I'en vois par vos effects assez de tesmoignag*
Philand. L'effect de ma vertu demeure en peu de lieu*
Dablay. La vertu de vos faicts peut contenter vn D*
Il appert, il appert à vostre nourriture,
Qui des graces du ciel emprunte la nature:
Ne vous excusez plus, ie croy la verité.
Philand. Vous me donnez vn los, que ie n'ay merité.
Dablay. Monsieur, n'en parlons plus, pour moy ie me c*
De voir ce qui en est iusqu'à l'heure presente,               [ te*
Par cent mille raisons vous pourriez refuter
Mon dire, rien pourtant ne pourroit m'inciter
D'en tracer sur mon cœur vne marque plus forte:
Mais laissons tout cela, voyons de quelle sorte
Pourray-ie vos desirs d'vn bien fauoriser?
De quel deuoir humain sans en rien desguiser
Pourray-ie contenter vostre belle presence?
Philand. Si ie le permettois, ce seroit vne offence.
Dablay. Non, Monsieur, voulés-vous que pour vostre s*
Filin aille querir ma fille de ce pas,                          [
Pour effacer l'ennuy, que ma foible vieillesse
Vous a icy donné? car ie sçay que ieunesse
Cupide de vertus cherit vn entretien,

ui digne de difcours n'eft diffemblable au fien.

hilandre. *Ce feroit, Monfeigneur, exceder vne preuue*
*e trop grande amitié.* Dābl. *I'en veux faire l'efpreuue,*
*t moy-mefme i'iray.* Philandre. *Ne me faictes ce tort.*
ablay. *Pour vous faire plaifir ie ne craindrois la mort.*
hil. *Monfeigneur, s'il vous plaift, Filin prendra la peine.*
amblay. *Caualier en cela voftre priere eft vaine,*
*n me le permettant vous m'aurez contenté.*
hiland. *Ce que ie dois permettre eft voftre volonté.*
ablay. *Ie vous veux faire voir de quel amour extreme*
*cheris vos defirs, & combien ie vous ayme:*
*ufsi vois-ie defia que mon chef fommeillant*
*e va continuel au repos appellant:*
*e ne vous dis à Dieu, mon tres-aymé Philandre.*
hilandre. *Ie me difpoferay de feruice vous rendre*
*n reuanche de ce; voire par tous les lieux*
*u'on pourroit prefumer eftre plus perilleux.*

### Attendant Marifee il inuoque les Dieux.

*Dieux, qui d'vn clin d'œil maintenés foubs la garde*
*De vos vouloirs facrez le bien qui me regarde,*
*aictes que voftre main fouftienne le reffort,*
*ui me peut apporter ou la vie, ou la mort;*
*enez la bride ferme à cefte viue amorce,*
*ue les fleurs d'vn doux fruict referuent foubs l'efcorce*
*D'vn Hymen efperé, & mes vœux folemnels*
*iront facrifier au pied de vos Autels.*

### Il vfe de ces termes à Marifee.

*el Aftre, qui tenez fur la brillante flame*
*u ciel de vos beautez le Soleil de mon ame,*

Si ma voix a voilé le respect, que ie dois
Asseoir dessus le plan de vos diuines lois,
C'a esté par l'effort de mon obeïssance,
Plustost que par l'effect d'vne vaine arrogance:
Mais si vous m'en iugez par trop audacieux,
I'en demande à garant la douceur de vos yeux.

Marisee. En cest effect, Monsieur, ne gist aucune auda
Puis que dessus mon cœur i'ay resigné la place
A vos rares vertus, qui font naistre vn pouuoir,
Qui se doit esgaler au deu de mon deuoir.
Et d'ailleurs vous sçauez, que i'encourrois vn blasme
Contre la Loy de Dieu, si de toute mon ame
Ie n'adherois aux vœux d'vn pere, dont l'honneur
Doit estre vn caractere au milieu de mon cœur.

Philandre. Fortune ne peut pas d'vne preuue euident
Esleuer mes souhaits, qui soit plus suffisante
De laisser sur l'aspect de l'ombre de vos lois
Le pourtraict du seruice acquis, que ie vous dois.
Ie ne plains que le Ciel, qui vers moy trop auare
N'a les dons Iunonins estalé sur mon Phare,
A l'esgal de ceux-là, que vostre deité
Possede heureusement de la fatalité.

Marisee. A tort vous accusez le Ciel, & la Nature,
Qui ont tracé sur vous plus subtile peinture,
Vous formant vn miroir de si belles vertus,
Qu'on ne peut vn mortel trouuer en auoir plus.

Phil. En ce rang eminent les Dieux vous ont fait naistr
Vos soleils mes doux feux le font du tout paroistre;
Et croy que quand Iupin mit sur vous son pinceau,

P

digue il influa ce qu'il auoit de beau.
! flambeau de mon cœur, Maistresse de ma vie,
bs qui ma liberté s'est du tout asseruie,
quel humble deuoir me dois-ie disposer
ur receuoir vos loix, & autres refuser?
iadis Narcis fut raui de son visage,
vn Pigmalion des traicts de son ouurage,
suis de vos attraicts, & de vostre beauté
us rauy mille fois qu'eux en fidelité.
arisee. Si ( comme ie le crois ) le vent de vos parolles,
c pousse trop leger des promesses friuoles,
luy de mes souspirs ne faunira le tein,
ui fleuronne au verger d'vn si iuste dessein.
Ces discours sont interrompus par vn Laquais.
   Monsieur, excusez-moy, si ie prens l'hardiesse
e rompre vos discours, mon voyage me presse:
ir il faut sans faillir que ie sois dans vn iour,
u dans demain au soir à Nismes de retour.
hilandre. Qui a-il donc, Laquais? ne me flatte l'oreille,
Que dit-on de delà? dy-moy, quelle nouuelle?
e Laquais. Mosieur, riē de mauuais, tous ceux, qui sōt ici,
oudroyent peut-estre bien, qui leur en prinst ainsi;
enez, voilà dequoy. Phil. Mais que dit-on encore?
aquais. C'est que vostre Oncle est mort. Phil. O Dieu, ie le
aquais. il vous fait heritier de cēt mille ducas. [ deplore.
hiland. Ha! Laquais, mon amy, cecy est peu de cas,
l'ombre de son amour m'estoit beaucoup plus chere.
aquais. Que voulez-vous, Monsieur? on n'y sçauroit que
hiland. Ha! faut-il que ce iour m'ēporte la clarté [ faire.
                                                        De

*De vos yeux, mes Soleils ? O ma chere beauté!*
*Falloit-il que si tost ceste courriere Parque*
*Eust tiré le doux air de mon Oncle en sa barque?*
*O flamme de mes vœux ! falloit-il que ce iour*
*Abbregeast nos deuis, tesmoings de mon Amour?*
*Car il faut maintenant, ou de deux choses l'vne,*
*Que ie parte soudain, ou quitter la fortune,*
*Que cecy me promet, pource qu'vn mien Cousin*
*Se rendroit à l'instant maistre de ce butin.*

*Marisee. Vous ne deuez pour moy retarder cest affaire,*
*Puis que l'occasion se monstre si prospere,*
*Son mouuement trompeur nous faict voir plus souuent*
*Vn grand heur, qui si tost se reduit soubs le vent.*

*Philand. Il est vray, mon souci: mais il fasche à mon ame*
*D'esloigner loing de soy l'object de ceste flamme.*

*Marisee. De moy vous ne pouuez esloigner vostre cœur,*
*Puis que du mien il est totalement vainqueur,*
*Tenez pour texte vray ceste mienne asseurance,*
*Qu'vn autre, quel qu'il soit, au fort de vostre absence*
*Ne placera iamais l'escadron de ses feux,*
*Pour triompher du droict, qui se ioinct en nous deux.*

*Phil. Vous me le promettés? Marisee. Ouy, mon cher Phi-*
*Et pour gage de ce ie vous prie de prendre* [landre,
*Ce diamant exquis. Phil. Ie me ferois grand tort*
*De refuser ce don, soulas de mon support:*
*En eschange de ce, prenez donc, ô ma belle,*
*Cest anneau pour crayon de mon amour fidelle.*

*Marisee. Bien que cecy redonde vn peu sur mon honneur,*
*Ie le prendray de vous, Philandre, & de bon cœur.*

*Allons*

llons donc au Chasteau, vous ferez la depesche
e Laquais icy. *Le Laquais.* Ie n'ay rien qui empesche
n retour, que cela. Philand. *Tu viendras auec moy.*
allons donc, mon cœur, ie vous promets la foy
demeurer le moins, qu'il me sera possible.
arisée. *Ma douleur de beaucoup en sera moins nuisible.*

## LE CHŒVR.

IL faut bien dire, que l'amour
Fait de la terre tout le tour,
Et que dans la voute estoillee
Il fait reluire ses flambeaux,
Pour eschauffer les Dieux plus beaux
Au feu de sa face voilee.

Puis que Iupin, pere des Dieux,
Qui l'onde, la terre, & les cieux,
Tient soubs sa main imperatrice,
Se laisse aller dedans le port
De ce Cytheride ressort,
Pour luy estre fidel complice.

L'horreur de son foudre esclattant,
Ne le peut pas en vn instant
Garentir des cruelles meschés,
Ny du vif petillant brandon
De ce blandissant Cupidon,
Moins de son art & de ses fleches.

Il vole au manoir Auernal,
Et laisse à Pluton infernal
L'ardeur de sa viue estincelle

Iuv,

Luy qui ne se plaist qu'au tourment,
Et se repaist d'vn detriment,
Est soubmis au vol de son aisle.

Il se glisse dans les palus,
Où s'enfle souuent Æolus,
Et l'humide troupe amassee:
Il dompte de ses dards aigus,
Il est plus voyant qu'vn Argus,
Son œil est vn œil de Lincee.

On ne luy doit bander les yeux,
Puis qu'il penetre iusqu'aux Cieux,
Et que d'vne vistesse isnelle
Il fend l'air, la terre, & les eaux,
Assubjectissant les oyseaux
Au loix de son bouillant modelle.

Les animaux ne sont exempts
De ses tisons chauds, & cuisans,
Soit le sauuage, ou domestique:
Bref tout ce qui a mouuement,
Est contraint par luy iustement
De rendre hommage à sa practique.

Helas! encor si les humains
Euitoyent l'horreur de ses mains,
Nostre ame n'auroit tant de peine:
Nous serions comme demi-Dieux,
Qui s'esgayent dedans les Cieux
En ceste nourriciere plaine.

Mais si tost qu'il a mis ses feux
Sur les crespillonnez cheueux

De

De quelque mignarde pucelle,
Nostre esprit n'a point de repos,
Et iamais ne sommes dispos,
Que quand nous pouuons iouyr d'elle.
    Il faict qu'en diuerses façons
Sa braise reduit en glaçons
Le deuoir d'Amour paternelle,
Et nous fait aimer le subjet
Où du tout il detient subject
Nos cœurs en sa prison cruelle.
    Et qui pis est, par ses appas
Il diuertit du tout nos pas,
Des deuotieux sacrifices,
Que nous deuons reueremment
Au Moteur du haut firmament,
Qui nous depart ses benefices.
    Esteins, esteins, ô faux Amour,
Ton feu, qui ne peut donner iour
Qu'à ceux, que ta voix piperesse
Sourdement entre dans leurs cœurs,
Et par toy demeurez vainqueurs
Ressentent l'ennuy qui les presse.

C       ACTE

## ACTE TROISIESME.

Filin. L'Oncle de Marisee. Ractiual. Le Page.
Le Messager. Vn Laquais, & les Archers.

### Filin.

O Ciel, qui donnes iour à l'ame languissante,
Fay bruire les canons de ta voix esclatante,
Engouffre tout d'vn coup d'vn horrible meschef,
Tous tes feux vomissans, brise-tous sur mon chef:
Fay glisser sur mes os, par vn vent rase-terre,
L'esclandre iniurieux de ton grondant tonnerre.
O Furie infernale, Alecton, que n'as-tu,
Par ton art serpentin, tout mon corps abbattu?
Que n'as-tu deschiré, ô herisse Cerbere,
Par ton triple museau la fin de ma misere?
Pourquoy dessus mes yeux n'est tombé le malheur,
Qui captiue ma vie en si dure douleur?
O Parques, qui tenés de mon maistre la vie,
Pourquoy gloutonnement me l'aués-vous rauie?
Pourquoy ne m'auez-vous bruslé dans Phlegeton?
Ou plustost en souffré par les feux de Pluton?
Que n'auez-vous saisi par vn cruel carnage
Ce corps, qui douloureux sera de vostre rage?

Pourqu

Pourquoy dedans vn Scylle, ou Caribde ondoyant,
Loing de tous n'allez-vous mon martyre noyant?
Qui sera desormais l'asilide refuge
D'vn horrible tourment? Qui auray-ie pour iuge,
Pour balancer à droict le temps & le labeur,
Qui quatre mille iours m'ont rendu scruiteur?
J'esperois par cecy heureuse recompense,
Vn seul iour m'a payé d'vne vaine esperance.
Ha! chetif, que ie suis, que ne m'a prins la mort,
Plustost que ce Seigneur? ie fusse sur le port
De mes felicitez, & ie vis en destresse,
En ennuys, & trauaux, en peine & en angoisse:
Sur le poinct que Cloton luy rauit son beau iour,
Il vouloit de bien-faicts esleuer mon seiour.
Alcine, où estois-tu? que ta magique presse
Ne m'ouurit le conduict d'vne voix charmeresse?
Que n'estois-i'aduerty par tes deuins propos
Du subit accident formé par Atropos?
La faute en est en moy: car sa courbe vieillesse
Me pouuoit faire voir, que la Parque traistresse
Vomiroit le poison de ses fatalitez
Contre ce Sieur d'Amblay. Ha! quelles cruautez?
Las! quand ie pense à ce, ie voudrois que Megere
M'eust englouti tout vif dans son aspre cholere.
Philandre, où estes-vous? vous perdez par sa mort
L'auantage plus grand de vostre heureux confort.
Vostre Amante est desia mise sous la tutelle
D'vn Oncle, qui la veut marier malgré elle
A vn second Crœsus, aagé de cinquante ans,

*Si vous ne venez tost, il n'y perdra son temps,*
*On commence à brasser l'accord du mariage,*
*Ie ne veux que cecy vous tombe à vn outrage:*
*Car, Dieu aidant, il faut, qu'auant qu'il soit demain,*
*Vous soyés aduerty de ce traict inhumain:*
*Et du desir que i'ay de vous faire seruice,*
*Ie veux secrettement vous monstrer cest office,*
*En desdain de ce tort, duquel on m'a payé,*
*Pour auoir par mon soing mes peines essayé.*
*Peut estre qu'auec vous ie pourray prendre place,*
*C'est par trop attendu, il faut que ie desplace.*

### L'Oncle de Marisee.

*Puis que d'vn sainct desir l'heureuse destinée*
*Fait ranger vostre amour soubs les droicts d'Hymenée,*
*Sur vne qui ne doit former autre vouloir,*
*Que celuy qui se peut tirer de mon pouuoir,*
*Et veu que mille fois par vn digne merite,*
*Vostre capacité plus grand subject merite,*
*Ie consens à cecy, puis qu'vne volonté*
*Vous porte à ce souhait, & que d'honnesteté*
*Vous voulés illustrer de tant plus nostre race*
*Soubs l'enseigne noptier de l'hymenique trace,*
*Et croirois offenser du tout vostre grandeur,*
*Si i'allois vlcerant d'vn refus ce bel heur.*

*Rectiual. Ce n'est pas pour priser de rien plus ma fortune,*
*Ny l'estat où ie suis, en qualité commune*
*De Prince souuerain, que ie veux me vanter,*
*Que si i'eusse voulu mon desir contenter*
*Du lien indissoluble, & sainct de mariage,*

*I'eusse*

I'eusse il y a long temps receu cest aduantage,
A vne, qui tenoit par sa posterité
Quinze Chasteaux subiects sous son authorité,
Et à qui par degré d'vn magnanime Prince
Estoit escheu en dot vne riche Prouince.
En fin plus que ie n'ay, elle auoit bien deux fois,
Et si iamais mon cœur n'y sçeut mettre sa voix:
Mais c'est ce que l'on dit d'vne sentence expresse,
Qu'vn plaisir bien receu passe toute richesse:
Car deslors que i'eu veu son maintien gratieux,
Deslors ie fus d'amour blessé dedans les yeux:
Ie dis de mon Soleil, vostre Niepce & ma flame,
Qui tient par sa beauté les desirs de mon ame:
Ie dis de celle-là, que le Ciel a vestu,
Pour estre le miroir de la mesme vertu:
Ie dis de celle-là, qui pour m'estre rebelle,
Me retient de tant plus aux lacqs de sa cordelle:
De celle dis-ie donc, qui fait, que mes chaleurs
Croissent au froid glacé de ses griefues rigueurs,
Et fait que liberté, nourrice de la vie,
S'eclipsant loing de moy, m'est maintenant rauie:
Ie n'eusse iamais creu qu'vne telle beauté
Eust tenu dans son sein si grande cruauté:
Car le iour que i'eu l'heur de voir sa belle face,
Ie viuois en idee au sejour de sa grace.

L'Oncle. Vous sçauez mieux q̃ moy, q̃ par diuerses pleurs
On cultiue d'amour les aggreables fleurs,
Et que plus il se ioint à la peine excessiue,
Sa playe à l'acquereur en est moins offensiue:

C 3 Car

Car quand l'esprit se peine à l'effect d'vn desir,
Le tenant il engendre vn bien plus grand plaisir.
Rectiual. Il est vray:mais aussi plus souuët on remarque,
Que la peine ne rend que le fruict de sa marque,
Et que plus nous peinons d'vn subject nostre cœur,
Moins aussi quelquefois il en est le vainqueur:
Ie sçay bien que tousiours ce malheur-là n'arriue,
Et si ie crain pourtant que du bien il me priue:
Car ie vois que ce soing me martyre si fort,
Qu'il me va figurant l'image d'vne mort.
L'Oncle. Il semble à vous ouyr, que dans l'incertitude
Vous placiez le desir de vostre seruitude;
Doubtez-vous de ma foy:n'ay-ie pas le moyen
D'abattre entierement sa rigueur en vn rien?
La pluspart de son sexe en vse en ceste forme.
Rectiual. Ie trouue que pourtant la forme en est enorme:
Car quand parfaictement on cherit vn subject,
D'vn oubly trop ingrat ne doit estre l'object.
L'Oncle. Laissez-moy gouuerner, ie feray bien en sorte
Qu'à vn amour semblable elle ouurira la porte,
Et mesme qu'au modelle entier de mes desirs
Flexible elle rendra ses plus communs plaisirs:
Et puis que la fortune a esté si contraire,
Qu'il faille que ie sois son Oncle tutelaire,
I'entends que sur le plan de vos affections
Elle graue le seau de ses impressions;
Et veux que sur le champ fertil d'vn si bel offre,
Elle aille recueillant l'occasion qui s'offre;
Et si elle ne suit l'arrest de cest edict,

Qu'elle

Qu'elle espere sur moy n'auoir aucun credit.

Rectiual. Ouy mais quand voulez-vous pouruoir à cest
affaire?

L'Oncle. Esliser iour certain, que nous le pourrons
faire.

Rectiual. Cela depend de vous. L'Oncle. Mes desirs
sont suiuis

De vostre volonté. Rectiual. Ie veux à mon aduis

Le vostre preferer : faictes ce qu'il vous semble,

Ou bien l'allons trouuer plustost tous deux ensemble.

L'Oncle. Ie trouuerois meilleur sauf vostre iugement,

D'enuoyer vn lacquais à Nismes vistement,

Pour la faire venir : car de prendre la peine

D'aller si loing, cela seroit de longue haleine.

Et d'ailleurs chez autruy on ne peut disposer

Librement d'vn subiect, sans au droict s'opposer.

Si ne le trouuez bon, partons donc à ceste heure,

Nous pourrons dans demain y estre de bonne heure.

Que iugez-vous de ce ? aduisez, pensez-y.

Rectiual. Ie trouue plus seant qu'elle s'en vienne icy.

L'Oncle. C'est bien dit il faut donc y enuoyer Fonteste.

Rectiual. Page, allez l'aduertir, dictes luy qu'il s'ap-
preste,

Qu'il pense ses cheuaux. Le Page. I'y vay donc, Mon-
seigneur.

Rectiual. Allez, & ne manquez de dire à l'Espar-
gneur,

Qu'on luy donne à disner, on va faire sa lettre.

Page. A vos commandemens fin ie m'en vay donc mettre

Tandis que la lettre s'escrit, le Page fait son messa-
ge, & reuenu dit ces parolles.

Ie n'ay presques esté proche du grand verger,
Qu'à mon regret i'ay veu vn triste Messager,
Qui de Nismes venoit apportant deplorable
Vne nouuelle autant rude, que pitoyable.
Rectual. Faictes-le voir venir, voyons voir, où est-il
Page. Le voicy, Môseigneur. L'Oncle. Mô amy, qui a-il
Messager. Ha! Monsieur, ie ne puis sans vn torrent de
larmes
Vous raconter au vray ces cuisantes alarmes;
Mon cerueau ne peut pas ces rigueurs supporter,
Sans le charger d'ennuis, & sans me tourmenter.
Ha! Pere de ce tout, i'auois vne Maistresse,
Qui en ma pauureté me secouroit sans cesse.
L'Oncle. Commêt est-elle morte? ô vray Dieu, qu'est cecy?
Messager. Non, Monsieur, elle vit, & son Philandre auß.
L'Oncle. Oste-moy de soupçon, Messager, ie te prie,
Ne me cele donc rien, amy, ie te supplie,
Dy & parle hardimêt. Messag. Monsieur ie vous diray
L'histoire tout au vray, & vous raconteray,
Comment hier sur le poinct que la nuict sommeilleuse
Tiroit le brun rideau de sa couche ombrageuse,
Philandre, & vostre Niepce alegrement montez
Estoyent comme d'vn vent viuement emportez:
Ou comme on voit vn traict, qui de l'arc se descoche,
Poussé du mouuement de cil qui luy est proche.
Leur bagage apres eux les suiuoit tout ainsi.

L'Oncle

L'Oncle. *Comment le sçais-tu donc?y estois-tu aussi?*
Messager. *Helas! ie n'y estois qu'en la forme & maniere*
*Que ie vay reciter. Ie passe la riuiere,*
*Pour aller à Bayonne, & monte sur le mont,*
*Au bas duquel ie vis passer dessus vn pont*
*Ceux que ie vous ay dit,qui à bride auallee*
*Couroient pour s'embarquer dedans l'onde salee.*
*Lors Diane sortant de son Palais royal*
*Hausse le noir sourcil de son char triomphal,*
*Et fauorisa tant mes yeux par sa lumiere,*
*Qu'à deux lieües loing de moy ie voyois la poussiere*
*De leur train ombrager les plaines, & les champs,*
*Tout ainsi qu'en leur fuite on peut voir les meschans.*
*Or voyant tout cecy, comme pensif ie laisse*
*Mon voyage imparfaict, & retournant ie presse*
*Mes pas, pour m'asseurer, si ce que i'auois veu*
*Tenoit lieu sur le vray, ou si i'estois deceu.*
*Or estant arriué à Nismes de bonne heure,*
*Ie trouue de chascun la nouuelle tres-seure,*
*Nõ sans vn grãd regret.* L'Oncle. *Ne disoit-on pourquoy?*
Messager. *Pource que Marisee auoit promis la foy*
*Du viuant de son Pere au Caualier Philandre,*
*Et qu'vn autre on vouloit que luy,luy faire prendre.*
L'Oncle. *O Priamide cœur!ô traistre! ô inhumain!*
*As-tu soubs mots pipeurs enleué de ta main*
*L'Helenine beauté de ma Niepce tant chere?*
*C'est le fruict de l'accueil receu de feu son Pere,*
*Qui t'a faict contracter d'vn amour clandestin*
*Par ton art simulé cest infame butin.*

C'est le droict hydrien de ton ingratitude,
Qui produit ses desirs soubs vne escorce rude:
C'est le fiel que tu as reserué dans tes os,
Pour chasser loing de moy l'aggreable repos:
C'est le soluit tracé du crayon iruisible
De tes belles vertus, pour le bien indicible
Que tu as si long temps receu de nos bien-faicts,
Dont tu teins, ô cruel d'vne honte tes effects.
O Dieux ! permettez-vous qu'vn si lasche pariure
Flestrisse nos desseins, & nous paye d'iniure?
Permettez-vous, ô Dieux ! qu'vn tort soit impuny?
Vostre loy ne le veut, il faut qu'il soit puny.
Sus que tous mes thresors ie desploye à ceste heure
Pour courir ce lascif, il faut bien qu'il s'asseure,
Que s'il est vne fois au pouuoir de ma main,
Tost il verra de Stix l'effroyable chemin.
Tien, laquais, mon amy, gouuerne ceste bourse,
Et t'en va à Grenoble, & viste d'vne course
Fay marcher les Archers par pleines & valons;
Force & contrain le pas à tes fuyards talons.
A peu pres tu sçais bien ce qu'il te conuient faire,
Recites-leur au long amplement cest affaire:
I'espere que leur charge ils feront assez bien:
Fay en sorte, Laquais, qu'on n'y espargne rien:
Car ie veux à present, que ce que ie possede,
Pour reparer ce tort y serue de remede.
Cour, & double le pas. Le Laquais. Monsieur, tout d'vn
　　plein saut
Ie leur vay preparer vn turbulent assaut.

## Les regrets du Prince Rectiual.

Rectiual. *Quel poignant esguillô-trauerse ma poictrine?*
*Quel aspic enfle-col dessus moy s'achemine?*
*Quel mortifere dard va mon cœur transperçant?*
*Quel monstre infame né mon chef va menaçant?*
*Quel Busyre execrable en ceste terre estrange*
*Fait mon corps deschirer d'vne infecte phalange?*
*A qui me dois-ie plaindre? ô Ciel! ô terre! ô Mer!*
*Vomissez dans mes os tout ce qu'auez d'amer,*
*Fracassez, & brisez par accord sympathique*
*Mes yeux soubs la fureur d'vne main tyrannique.*
*O meurtriere sanglante! ô propre sœur de Mars!*
*Fay rougir en mon sang ce glaiue en toutes parts.*
L'Oncl. *Ha! Prince Rectiual, quoy? que voulez-vous faire?*
Rectiual. *Ie veux à mes desirs promptement satisfaire.*
L'Oncle. *Page, passés delà, main forte, mes amis,*
*He! tenés-l'attendant qu'il soit vn peu remis.*
*Faut-il que pour l'amour nous ayons tant de peine?*
*Helas! on voit tousiours qu'vn malheur l'autre ameine*
Rect. *Ie veux que pour l'amour la mort prene en son ràg*
*Mon chef, mon cœur, mon corps, mes os, mes yeux, mô sang:*
*Ie veux que pour l'amour la mort prenne en sa barque,*
*Mes desirs emplumez soubs l'aisle d'vne Parque.*
*Ie veux que desormais la mort naisse d'amour,*
*Et que l'amour la mort tienne dedans sa Cour.*
L'Oncle. *Toutes ces passions ne font que troubler l'ame,*
*Pour Dieu honorez-moy d'abattre ceste flame,*
*Il y a de l'espoir.* Rectiual. *Ha! I'en quitte ma part,*
*Elle peut bien fonder vn desir autre part.*

L'On

L'Oncl. *Pourquoy le deseſpoir en faictes-vous dõc naiſtre*

Rectiual. *De voir qu'vn tel Coquin en ſoit maintenã*
   *Maiſtre.*

L'Oncle. *Si ma vie pouuoit reſpondre du mesfait,*
*A voſtre eſgard mon cœur en auroit le forfait.*

Rectiual. *Vous ne m'auez que trop rendu de teſmoignag*
*De voſtre volonté, ſans que par vn dommage*
*Vous receuſſiez le coup d'vn meſcontentement,*
*Qui doublement pourroit animer mon tourment.*

L'Oncle. *Ie veux pour vous ſeruir employer ma puiſſãce,*
*L'effect vous en pourra touſiours rendre aſſeurance.*

Rectiual. *Laiſſons ces volontez, il s'en va tantoſt temps,*
*Que i'aille en mon Pays cercher du paſſetemps.*
*I'ay veu qu'vn an icy m'eſtoit vne iournee,*
*Or vn iour maintenant m'y ſeroit vne annee.*
*Il faut prendre congé, allons voir ſi vn iour*
*En l'Amour me fera voir vn plus beau ſeiour.*

Les Archers viennent apres ce deſpart. Serpadin,
        Camarade, & Gourgandin.

*Il y a bien dix ans que par mer, & par terre*
*Nos cheuaux nous laſſons pour treuuer le parterre,*
*Où Philandre reçoit la fleur de ſes plaiſirs*
*Sans qu'ayons iamais peu contenter nos deſirs.*
*Vray eſt qu'on nous a dit qu'il eſtoit en Eſcoſſe*
*Froid, nud, pauure & tranſi, & plus ſec que l'eſcorce,*
*Chargé de quatre enfans des plus beaux & parfaicts,*
*Qui ſoient par la Nature eſclos ſoubs ſes effects.*
*Et ce qui tient ſa foy de beaucoup plus priſee*
*C'eſt qu'il a ſainctement eſpouſé Mariſee,*

Refidant à prefent au lieu de Petit lit,
Ville où il a ioyeux fait baftir fon grand lit.
D'aller en ce pays la plume y eft trop dure,
Ie crains qu'on nous feroit toft coucher fur la dure,
Et qu'on nous feruiroit au deffert de pruneaux,
Qui foudain nous mettroient aux mortuaires eaux:
Il vaut donc beaucoup mieux reprendre noftre route,
De crainte qu'vn malheur ne nous mette en déroute.
Allons donc, Compagnons: car le fier Efcoffois
D'vn reuers trencheroit la force de nos loix,
Et d'vn poix tout efgal au flux de noftre bourfe
Arrefteroit le vent de noftre longue courfe,
Qu'en dis tu, Camarade; & toy mon Gourgandin?
Gourgandin. Moy, ie dis qu'il vaut mieux attaquer vn
    bon vin,
Ou bien faire trembler vne forte Mufique
Battât des dés deffus. Serpadin. En fçais-tu la practique?
Gourgandin. I'en fuis Maiftre Gonin. Serpadin. Mon-
    ftre, m'en la façon,
Tu me feras honneur. Gourgandin. O la chere leçon,
Si le plaifir eft grand, cher eft l'Apprentiffage,
Ma vieille Mere Grand en fçauoit tout l'vfage.
Dans vn accord parfaict elle hauffa pour vn coup
Et la pinte, & la quarte, & apres tout à coup,
D'vne Octaue elle fift vne tierce Maieure,
Et d'vn air doux-coulant la rendit en Mineure.
Sont-ce pas de beaux tons? Le baffus de Bacchus
N'enfla mieux le gofier du grand Antiochus,
Que fit mon Pere Grand, pour contenter l'oreille

De son goust pantelant, il fist vne merueille:
Il changea tout ainsi comme vn Cameleon
La peau de son habit en vn autre façon.
Mon grand cousin Iacquet ne fit-il pas de mesme?
Lors qu'il se vit saisi de la soif trop extreme
D'vn air si doucereux? il vendit son pourpoint
Pour entonner trois coups de verre bien à point.
Mon voisin Bailleuent pour tenir l'Hautecontre
Descendit de huict tons la note qui plus monte,
Et d'vn souspir formé de moindre, & demy ton
Tira d'vn accent doux le Nectarin fredon.
Et moy de mon Dessus ie fis vne tirade,
Qui m'enleua si haut que chacun me regarde;
Et roulant peu à peu ie me trouue au plus bas
Du grand Chœur de la caue à mon amy Colas.
Mon petit grand valet qui battoit la mesure
Sur nos caués vaisseaux, en fit sortir l'vsure,
Donnant à cestuy-cy l'Ambrosine liqueur:
A l'autre vn mets coulant, frere germain du cœur.
Serpadin. Mais comet l'enteds-tu? Tu parle en Philosophe.
Gourg. Pour qui me pres-tu donc? suis ie-pas fils de Losse
Losse la mere aux arts, & qui par la chanson
De son graue Tenor passe tout autre son.
Serpad. Et qui tiet le Bassus? Gourg. La Deesse Marmite;
A qui tout autre doit hommage à son merite.
Serpadin. Et qui le quinta pars? Gourgandin. Toy, luy,
      moy, qui que soit;
Elle n'excepte aucun, chascun ell'y reçoit,
Elle appelle à cecy & le gras, & sterile,

Le maigre & le bouffu, boiteux, borgne, & fertile,
Le grand, long, large, eftroict, ieune, vieux, & petit.
En fomme ceux qui ont la dent plein d'appetit.
Si tu es de ceux-là, tu es de fa brigade,
Vien t'en, allons-la voir, donnons-luy vne aubade.

Serpadin. Ho cela feroit bon, fi i'auois en cela
Appris (comme tu as) vt re mi fa fol la:
Veux-tu fçauoir de moy quelle note ie chante?
C'eft de boire au matin. Gourgandin. Sont ceux qu'elle
  frequente.
Ie croy que tu penfois que mon difcours badin
Fuft tiré des doux airs d'Orlande ou de Clodin?
Iamais ie ne fceus bien entonner vne note,
Pour des fugues que trop: mais c'eftoit quand mon hefte
Demandoit mon efcot, alors comme le vent
I'enfilois la guerite en gaignant le deuant.
Voila comme ie chante en parfaicte Mufique.

Serpadin. Tu meriterois bien que l'on te fift la nicque.

Gourg. Et pourquoy Serpadin? me prens-tu pour vn fot?
Ie fçay quand il me plaift bien payer mon efcot.

Serpadin. Ie fuis trop ton amy pour te mettre en cholere.

Gourgandin. Et moy ie fçay parler, lors qu'on ne fe
  doit taire.

Serpadin. Vn autre en fait autant: mais non, ne penfe pas,
Que ie vueille offencer ton honneur en ce cas,
Ie fuis du tout à toy, & pour toy mon efpee
Brillera dans le vent de fa poincte aceree.

Gourgand. Ha! voicy ton acquis: mais ce mot outrageux
Troubloit defia mes fens, comme vn foudre orageux.

                                              Ser

Serpadiñ. *Pour estre trop actif quelquesfois vne perte*
*Nous fait voir ses effects à bille descouerte:*
*Et chez qui que ce soit, si Madame Raison*
*Ne domine, on ne peut faire bonne maison.*
*Or pour te descouurir ce que i'auois à dire*
*Du narré si subtil, que tu as fait produire;*
*C'est que ie ne crois pas, que dedans le milieu*
*Du cuisinier vaisseau la Musique aye lieu.*

Gourgandin. *Celuy, qui n'a d'vn art la parfaicte nature,*
*Ne peut sans estre instruict en tirer coniecture:*
*Or moy de Pere en fils, & d'vn noble degré,*
*I'ay tousiours faict boüillir vn gros pot à mon gré,*
*Et me vanteray bien, que dedans l'haute Marche*
*Il n'y a Routisseur, qui mieux que moy le sçache.*
*Durant plus de sept ans n'ay-ie pas à Guillot*
*Seruy de Marmiton, & d'escumeur de pot?*
*Mais ie te diray bien, qu'au reste de ma vie*
*Ie n'ouys instrument d'vne telle harmonie.*

Serpadin. *Tu me rauis le cœur.* Gourgandin. *Tu ne le*
　　*croirois pas,*
*Mille fois le sommeil m'a prins soubs ses appas,*
*Tantost vn gay Trio au matin te resueille:*
*Or vn Duo charmeur, tirant l'ame à l'oreille,*
*T'excite l'appetit, & tantost tout d'vn coup*
*Tu oys de ces deux tons l'organe coup à coup.*
*Le Tymbre marmitier d'vn glou glou rend sa Basse;*
*Le Dessus d'vn glic glic, qui tout autre surpasse;*
*L'Haute-contre d'vn gloc; & le Tenor d'vn glouc,*
*Et tous pesle-meslez disent, gloc, glic, glou, glouc.*

Serpadin. O l'aggreable son! sans mentir, d'vne chose
on ne peut bien iuger sans cognoistre la cause.
Gourgandin. Ie te diray bien plus, regarde moy les Airs,
Que la Musique donne à tant de chants diuers,
Tu n'en as que le fruict, qui t'entre par l'oreille;
Hors de-là ce n'est rien, ton esprit qui sommeille,
Ne te rend plus content: mais celle que ie dis,
Te rend apres cela mille bons appetits,
Elle ioint à tes dens d'vn iambon l'esguillette,
A ton palais le goust d'vne liqueur parfaicte,
Et de mets plus exquis t'en redonne le choix,
Pour ranimer ton ame, & ta vie, & ta voix.
Dis moy la verité, de quelle melodie
Plus grande voudrois-tu contenter ton ouye?
Serpad. O mon cher Gourgadin, ie ne veux d'autre esbat
Rassasier mes sens. Gourgandin. Allons, le cœur me bat,
Mon gosier est tasser, & ma langue alteree
Heurteroit bien trois coups la Bacchale liuree.
Serpadin. Laissons Philandre là, il ne nous cherche pas,
Allons, c'est trop tardé, prenons le pays bas.
Camarade Passe delà, Cousin, non, tourne bride à gauche,
suy moy, mon Gourgandin, mettons-nous en desbauche.

### LE CHOEVR.

L'Astre rigoureux nous menace
Du fleau mutin de sa disgrace
Dès l'heure mesme, que le iour
Nous fit voir ce mortel seiour.
Le mal'heureux porte-misere
A touiours le Ciel pour contraire,

D                    Estant

Estant des humains, & des Dieux
Abandonné par tous les lieux.

Et plus il se sert d'artifice
Pour l'honorer d'vn bel office,
Plus l'heur s'exile de ses os,
Qui d'ennuy double son repos.

Ainsi qu'en Scylle la tempeste
D'vn plus grand flot destruit la teste
D'vn nauire demy enclos
Au champ du Nereide clos.

Ou comme l'alteré Tantale,
Qui tousiours dans l'onde infernale
Sa soif plus moleste le suit,
Plus le Lethé de luy s'enfuit.

Mais aussi celuy, que nature
Esleue soubs sa nourriture,
Ne reçoit pas moins de bienfaicts,
Que l'autre de cruels mesfaicts.

Car quand le Ciel nous alambique
Les eaux de son miel deifique,
Iunon distille ses liqueurs
Au puis plus profond de nos cœurs.

Et la Deesse tournoyante
Nous voit d'vne face riante,
En nous caressant de ses dons,
Ainsi qu'Amour de ses brandons.

La Planete est donc le Dictame,
Qui se communique à nostre Ame,
Et qui nous fait sentir l'effort
D'vn bien, ou d'vn malheureux sort.　ACTE

# ACTE QVATRIESME.

Philandre. Marisee. Fleury. Opale. Le Nocher.
Beau Desir , tacet.

### Philandre.

*Vis que la gloute faim par son sort fatidique*
*Sur nos debiles corps preside trop inique,*
*Et que la pauureté captiue soubs ses fers*
*Les plaisirs, qui d'Amour nous onté esté offers,*
*Il faut que pour vn temps l'Escossoise lisiere*
*I'esloigne, & qu'au pays ie pousse ma carriere:*
*Car ce mal sur mes os ne peut plus habiter.*
Marisee. *Et quoy? mon cher amy, me voulez-vous quitter?*
*Voulez-vous que la faim soit la fin de ma vie?*
Philand. *De vous quitter, mon tout, ie n'eus iamais enuie.*
Marif. *Hé! que dictes-vous donc? Las! sous quelle rigueur*
*Voulez-vous ces petits, & moy mettre en langueur?*
*Vous sçauez que sans vous vne triste misere*
*Seroit mon aliment, & leur seroit pour Mere.*
Philandre. *Si faut-il de tout mal au remede courir,*
*Pour en vuider la cause, & pour n'en encourir*
*Vn plus grand par apres.* Marisee. *Ha! le pauure remede*
*Que vous-vous proposez.* Philandre. *Quel secours, ou*
   *quelle aide*

D 2                                    *Plus*

*Plus propre pouuez-vous treuuer pour cest effect?*

Marisee. *Il ne seroit que bon, si vous n'auiez forfaict.*

Phil. *Le forfaict n'est si grand, que ie le doiue craindre.*

Mar. *Craindre vous le deuez, & moy ie m'e dois plaindre.*

Philandre. *Dequoy vous plaignez-vous?* Marisee. *De*
　　*voir que maintenant*

*La douleur sous son faix mon cœur va retenant;*

*De voir ma qualité par vn bas exercice*

*Prophaner à iamais son naturel office;*

*De voir ces tendrelets continuer leurs pleurs*

*A l'abboyante faim, & aux aspres douleurs;*

*De voir desia sur vous la iustice seuere*

*Du terroir Prouençal eslancer sa cholere;*

*De voir les vents suspects souffler sur vostre corps*

*Le nuage obscurcy de leurs cruels efforts.*

Phil. *En vain vous ombragez d'vn voile la prudence,*

*Eu vain vous-vous forgez ceste vaine creance,*

*Douze ans sont ia passez, que le crime est commis,*

*Ceux qui sont de mon sang ne l'ont que trop remis.*

*D'autre part nul né peut d'abord me recognoistre,*

*Mon poil & ma façon me feront mescognoistre.*

*Desirez-vous plustost la pauureté nourrir,*

*Que de courir au bien, qui nous peut secourir?*

*Faut-il que soubs l'aspect d'vne peine excessiue*

*On trace à nos enfans vne perte offensiue?*

*Ils ne sont de l'estoc:par vn artiste gain*

*Iamais ne s'annoblist le genereux humain.*

*Il les faut maintenir en l'ordre, que nature*

*Les a fauorisés sans en payer vsure;*

Et pour viser au but, faut voir qu'est deuenu
Et de vous, & de moy le riche reuenu,
Il ne faut pas ainsi laisser couler leur aage.
Marisée. Ie ne trouue que bon, que fassiez le voyage:
Mais ie crains la terreur d'vn enuieux effort,
Qui se coune à l'abry, pour vous mettre à la mort.
Philandre. Il semble à vous ouïr, que vous en estes seure.
Marisée. La crainte que i'en ay fait qu'à ce ie m'asseure.
Philan. Vostre sexe est craintif pour moy ie ne crain pas,
Que le mal que i'ay fait, me conduise au trespas
D'vn reciproque adueu en ce pays d'Escosse
Nous-nous sommes rangez, & soubs la viue force
D'Hymen, ces belles fleurs nos sueurs ont produit,
Dois-i estre à ce subjet à vne mort reduit?
Non, non, ma chere Espouse, essacez-en l'idée,
Priés Dieu seulement, que ma nef soit guidée
Du doux-soufflant Zephyr, & que i'arriue à port:
Car de ce costé-là ie ne crain pas la mort.
Marisée. Et bien, puis qu'ainsi est, que vous mettez en lice
Vn desir, qui vous porte à vn si bon office,
Voila vn diamant, de le vendre ayez soing,
Il vous peut suruenir, & seruir au besoing,
Et pour vous assister prenez Simon Opale,
Il a veu plusieurs fois la mer Orientale,
Mandez-le promptement, voyons si son loisir
Se porteroit à ce. Philand. Va-y donc, Beau Desir.
Marisée. Enuoyez-y l'aisné. Phil. Fleury, Fleury. Plaist-
il, mon pere?
Philand. Va voir, si au logis de mon ieune compere

*Tu trouueras Simon: dis luy que de ce pas*
*Il me vienne trouuer, & qu'il ne tarde pas.*

Marisee. *Ha, qui parle du loup en voit souuent la trace.*

Philand. *Considerez-le vn peu: mais qu'il a bonne grace.*

Marisee. *Si a, ie vous promets.* Philad. *He, Opale, bō iour.*

Opal. *Hōneur, Mōsieur, bō iour, Dieu vous doint bō seiour,*
*Cōment vous portez-vous ?* Phil. *Fort bien à ton seruice.*

Opale. *Ie me voudrois pour vous forcer à cest office.*

Philādre. *Ha, tu m'obliges trop: Mais dis moy, mon Simō,*
*Me veux-tu faire vn bien, si tu le peux?* Opale. *C'est mon,*
*Que voulez-vous de moy?* Philad. *Ie veux tō assistāce.*

Opale. *Pour aller où, Monsieur?* Phil. *Au pays de Prouēce.*

Opale. *Partōs, quand vous voudrez, pour moy ie suis tout*
*Faictes donc seulement à loisir vostre apprest.* [*prest,*

Phil. *Mon apprest est tout faict, trouuōs voir vne barque.*

Opale. *Vne i'en ay laissé, qui bien tost se debarque.*

Philad. *Ce seroit à propos.* Opale. *Ie m'en vay vers le port*
*Voir, si le Nautonnier seroit encor à bord.*

Phil. *Fay donc, mon braue amy, & vers moy me l'ameine.*
*Ie te plains.* Opale. *Et dequoy?* Philandre. *Que tu prens*
    *trop de peine.*

Opale. *Vous-vous mocquez de moy: ie le feray venir,*
*Et de prix auec luy vous pourrez conuenir.*

Philandre. *Tu dis d'or: or mettons donc fin à cest affaire.*

Opale. *D'vn coup à vos desirs ie m'en vay satisfaire,*
*Attendez-moy donc là, ie reuiendray tantost.*

Philandre. *Si feray, mon amy, va, & depesche tost.*
*Cest homme est tout gaillard.* Marisee. *Il est de bōne sorte.*

Phil. *Mais dictes moy, mō cœur, ie vous vois presque morte.*

A ii

Au lieu de m'eschauffer d'enuie à ce despart,
Vous glacez par vos yeux mon cœur de part en part:
Romprons-nous ce dessein? Mar. Nany, mon cher Philadre,
Pour vostre bien mon corps ie reduirois en cendre.
Philand. C'est le vostre, & le miē, nous ne pouuōs tousiours
Exposer aux ennuys nos lamentables iours.
Ces reiettons charnels soubs leur tendre poictrine
Ne peuuent, comme nous, supporter la famine.
Marisee. Ie ne le vois que trop: mais ne sçauez-vous pas,
Que perdant ce qu'on aime, on a peu de soulas?
Philad. Vostre crainte tousiours vous fait entrer en doubte:
En ce vous imitez le rocher, qui en route
Ne peut estre desfaict par des vents agité:
Esperer il nous faut soubs la fatalité,
Fortune aux hasardeux maintefois est prospere.
Marisee. Elle en renuerse bien, quand elle est en cholere.
Philandre. Elle en esleue bien, quand elle l'entreprend.
Marisee. Elle en abaisse bien, quand son ire la prend.
Philandre. Ne sçauez-vous pas bien, qu'une forte tēpeste
Ne met tousiours sur mer son auantgarde en teste?
Apres vn long flux d'eau nous auons le beau temps:
Apres vn long Hyuer vn gratieux Printemps.
Le Ciel n'est pas tousiours chargé de pleurs humides,
Ny tous arbres ornez de fleurs Apollinides:
Nous sommes icy bas pour auoir tantost bien,
Ores mal, tantost peu, & le plus souuent rien.
Il ne faut s'estonner pour quelque vent qui tire.
Marisee. Il se faut ressentir, ou qu'vn ladre estre pire.
Philandre. Est-ce se ressentir, que d'auoir sur le cœur

Vn

Vn soupçonneux regret, sans cause de malheur?
Si i'estois soubs le champ du Dieu marin Nèree,
Ou qu'aux obscurs manoirs mon ame fut serree,
Ou que d'vne incurable & triste affliction
Mes sens fussent espris, ceste condition
Decoreroit le dueil, que vostre cœur entame,
Et rendroit au deuoir la preuue de sa flame:
Mais tout cela n'est pas, fanniffez ce soupçon,
Et apprenez le sens de quelque autre leçon.

Marisee. Helas! mon cher Espoux, ne trouuez pas estrãge,
Si par ce dur despart mon naturel se change;
C'est le bien que ie veux à vostre noble cœur,
Qui cause que le mien espanist sa douleur.

Phil. Quand nous aurions le chef d'vn retentißãt foudre
Viuement menacé, il se faudroit resoudre.

Marisee. Ne parlons plus de ce, pensons à ce despart,
Et voyons comme quoy ce defensif rempart
On pourra terrasser.   Philandre. Nul ne peut par defense
Rauir nos reuenus, sans commettre vne offense.
La Iustice est par tout, & mesme en tout endroict
Dieu reserue à chascun ce, qui est de son droict.
Estant là ie feray amas de quelque somme,
Qui licentiera le mal qui nous consomme.
Et pour n'y aller plus, ie suis de cest aduis,
Qu'vn subtil droict cédé en face le deuis.

Marisee. Ha! c'est le vray moyë: mais il faut qu'ë eschãge,
Que celuy, qui l'aura, soubs le deuoir se rãge,
Et qu'il donne content : car de courir apres,
La peine seroit double enuoyant homme expres.

Philan

Philandre. De donner à credit la saison en est morte,
On combat à present d'une main bien plus forte.
Marisee. Ferez-vous long seiour. Phil. Dans deux mois,
    au plus tard,
Au camp de vos desirs vous verrés l'estendart
De mes affections desployer son audace,
Contre le desespoir, qui de loing nous menace.
Marif. Les Dieux de leur pouuoir croissent vostre dessein,
Et vous puissent guider soubs l'aisle de leur sein.
Philand. Tout ira pour le mieux, i'en recois bon augure,
Au cœur de l'affligé tousiours son mal ne dure.
Mais, qu'est-ce que cecy? quel tumulte bruyant
Va si pres de nos yeux sa furie ruant?
Marisee. Mon amy, c'est la voix d'Opale, ce me semble.
Philand. Va-elle bien si haut? tout ce plancher en tremble.
Marisee. Voyez-le pres de vous. Philandre. Ha! Simon,
    d'où viens-tu?
Opale. Ne le sçauez-vous pas? Philad. Tu as esté battu?
Opale. Moy, Mosieur? ie ne crain le plus furieux Scythe,
Qui contre moy voudroit essayer son merite:
Si Cesar estoit là, & qu'il m'eust attaqué,
Il n'en partiroit pas sans estre bien marqué:
Phil. Ha! ie le crois ainsi. Opale. Mais il vous faut sçauoir,
Que comme vous voyez, que l'honneur par deuoir
A l'entrée d'vn lieu l'vn l'autre se prefere,
Forcé i'ay mis le pied sur vn bois, qui à terre
Par son fresle coupeau m'a si tost mis à bas,
C'est ce qu'auez ouy, quand i'ay crié, helas.
Phil. Sas mentir c'est cela. Opale. Voicy pour ma descharge

*Le maiſtre qui nous doit guider ſur l'onde large;*
*Faictes prix auec luy, il vous peut ſeurement*
*Au port de vos deſirs conduire librement:*
*C'eſt le meilleur rompu, qui ſoit ſoubs la valee*
*De l'obſcur Acheron, ou de l'onde ſalee.*

**Phil.** *Tu es touſiours gaillard.* **Opal.** *I'ay cela de bon tēps,*
*Ceux qui ſont aux enfers ne ſont pas ſi contens.*

**Mar.** *Voſtre raiſon eſt bōne.* **Op.** *Eſt-il pas vray, Madame?*

**Mariſee.** *Voila donc le Nocher conducteur de la rame?*

**Le Nocher.** *Preſt à vous obeïr, & à vous, Monſeigneur.*

**Philandre.** *Ie vous en offre autāt, Patron, & de bō cœur.*
*Or çà, voyons donc voir de quel prix raiſonnable*
*Vous voulés à nos vœux vous monſtrer ſecourable.*

**Le No.** *Voſtre nōbre eſt-il grād.* **ph.** *Nous ne ſōmes q̃ deux.*

**Le Noch.** *Pour ſi peu de marché point faire ie ne veux:*
*L'honneur qui eſt en vous, amplement me contente:*
*L'homme de bien iamais aucun ne meſcontente.*

**Philādre.** *Touchez-là, mon amy, vous ne perdrez en moy.*

**Le Nocher.** *Le tribut de la peine eſt gardé ſous la foy.*

**Mariſee.** *Ie voudrois que Fleury fuſt de la compagnie.*

**Philandre.** *La ſanté luy ſeroit bien toſt du corps bannie.*

**Mariſee.** *La raiſon?* **Phil.** *Pour autāt q̃ l'eſpaiſſe tumeur*
*De la mer en vn coup ſuffoqueroit ſon cœur.*        [ *d'aage;*

**Le No.** *Nullemēt.* **Ph.** *Dictes-vous?* **Le No.** *Il a biē aſſez*
*I'en conduy tous les iours, qui ne perdent courage,*
*Et de bien plus petits, n'en ayez point de peur,*
*Ie le prendray touſiours au fort de mon honneur.*

**Philandre.** *Le complot en eſt faict, ie conſens qu'il y aille.*

**Mariſ.** *Faictes-moy tāt d'honeur d'en auoir ſoing, Opale.*

                                                    Opa

Opale. *Madame ne doubtez, qu'il luy arriue mal:*
*L'inexorable mort soubs son centre fatal*
*M'estoufferoit plustost, qu'il eust la moindre peine,*
*Qu'on deust imaginer.* Marif. *Helas! i'en suis certaine.*
Le Noch: *Nous n'auons que tarder: car voicy le bö vent,*
*Qui aide aux voyageurs sur mer le plus souuent.*
Philand. *Allons donc, mes amis, voir, si le Dieu Neptune*
*Nous fera voir le fort d'vne heureuse fortune.*

## LE CHOEVR.

L As! que soubs le Globe vouté,
Le Dieu nopcier defauorife
Celles, qui ont pour pieté
La foy loyale d'Arthemife;
Quand on voit qu'vn bon-heur courtife
Tout d'vn coup deux cœurs bien vnis,
Le sort fatal les tyrannife
Par ses desaftres infinis.

En feruile captiuité
La nature entretient nos vies,
Qui de courte felicité
Sont ordinairement fuiuies:
Ainfi que les nefs pourfuiuies
Par les tourbillons foudroyans,
Qui en vn inftant font rauies
Dans Icaree aux flots bruyans.

Peut-on rien voir de plus exquis
Sur le cours de ces douces larmes,
Que deux cœurs qui fe font acquis

En

Entre ces combats mesmes armes,
Et qui par cuisantes alarmes
N'esbauchent vne trahison,
Qui verse bien autant de charmes,
Que la mort laisse de poison?

Há! que parmy ces diuers tons
Il y a de voix discordantes,
Qui s'vnissant aux vnissons
Sont à l'oreille desplaisantes:
Les graces les plus attrayantes
Sont requises pour ce subiect,
Desguisant leurs faces riantes
D'vn concept du tout trop abiect.

Ce que l'œil deceueur promet
Par vn sourcil doux & affable,
L'interieur nous le soubmet
A vne perte dommageable;
Et ce qui semble fauorable,
Le plus souuent nous est osté
Par l'opinion deceuable,
Que le cœur tient de son costé.

Mais le pis est que le malheur
Se glissant en ceste alliance,
Fait que les deux d'vn mesme cœur
Ne nourrissent leur esperance;
Nous ne voyons parmy la France
Rouler vice plus dangereux:
L'homme qui prend pour penitence
La solitude, est bien heureux.

ACTE

# ACTE CINQVIESME.

## SCENE I.

### La Nourrice. Marisée.

### Nourrice.

'Vn coup du tout mortel ma poictrine blessee
Enserre la douleur sur mon ame oppressee,
Ie suis pire beaucoup que le cœur langoureux,
Qui succe outre son gré vn croc doucereux,
Le temps, pere des ans, qui a ridé ma face,
Comme vn vieil pelisson au milieu de la glace,
Ou comme vn doux œillet, qui perdant sa beauté
Se voit sec, & flestri par l'ardeur de l'Esté,
Ne seroit pas content de m'auoir affoiblie
Par le cours moissonneur de son dard fauche-vie,
Si d'vn cuisant ennuy fortune aux pieds aislez
N'auoit par ses forfaicts mes sens renouuellez.
Iadis i'estois ainsi qu'vne Arsinoé rousse,
Qui d'vn nerf releué poussoit sa fleute douce,
Et qui par ses beaux tons attiroit vn amant,
Qui a son air sçauoit ioindre son instrument:
Mais mon teinct basané d'vne peau plus ternie
Decrepite mes ans soubs ma penible vie,

Et me fait, comme au Pan, eſlancer mille cris,
Quand de ſale laideur il voit ſes pieds ſurpris.
Hé ! bon temps, où es-tu ? m'as-tu ſi toſt rauie
L'heur, qui fauoriſoit d'vn doux bien mon enuie ?
Vas-tu dans les priſons de ton Aſtre coulant,
Ialoux de mes deſirs, mon plaiſir recelant ?
Te ſuffiſoit-il pas de me rendre chagrine,
M'ayant priué des droicts de la belle Cyprine ?
Ha ! rongeur de tout bien, tu ſaccages ſanglant
Celle, qui ſur la mer d'Amour ſe va ſinglant.
O trois fois trop cruel tige du vieil Saturne !
Ta clarté ne me luit qu'en eſpece nocturne :
Tu bannis l'Orient de ma felicité
Sous l'auare conduict de ta temerité.
I'eſtois, bien que caduque, encor aſſez gaillarde,
Si fortune ne m'euſt reſerué ceſte aubade.
Ha ! ceux qui ſur mes ſeins, il y a cinquante ans,
Ont cueilly de l'Amour le gratieux Printemps,
Et qui de cent baiſers mes leures coralines
Ont preſſé le doux air de leurs bouches ſucrines ;
Ou ceux que i'animois ſi ſouuent aux combas,
Pour tourner les replis de ce qui eſt plus bas,
Et qui ſouuentefois d'vne main fretillante,
Par cent retorts friſez ſur l'onde bourſoufflante,
De mes poils creſpelus ſe donnoyent le loiſir
De les dórelotter du tout à leur plaiſir,
Ne diroyent à preſent que c'eſt la Peronnelle,
On la prendroit pluſtoſt pour vne macquerelle.
Ha ! mes pauures enfans, ie ſuis femme de bien,

Qui le croit autrement, dictes qu'il ne vaut rien:
Mais vous ne sçauez pas, qui me rend si desfaicte,
Si bigotte, & bauarde, affreuse, & contrefaicte,
Helas! ha! ie me meurs, he! si quelqu'vn de vous
Le sçauoit comme moy, d'vn deuorant courroux
Il auroit encor plus sa pensee entamee:
Et ainsi qu'au fieureux la veine enuenimee
Par vn poux ba-battant luy change sa couleur,
Et doublement luy fait tremblotter sa douleur:
Ainsi ceux qui sçauroyent ce mal, comme moy-mesme,
Vieilliroyent par le mal d'vn malheur plus extreme.
Ie vous le veux donc dire, afin que ce tourment
Parti en tant de parts me donne allegement.
Vous-le diray-ie donc? non i'aime mieux me taire,
Aussi bien le disant ce seroit vous desplaire.
Helas! le cœur me creue! ô mal trop rigoureux!
Ie suis presque incensee. Escoutez, Amoureux,
Iamais le Dieu boiteux au dos de son enclume
N'acera tant de traicts, comme ce mal s'allume.
Ha! pauure, qu'est cecy? mes yeux ne peuuent pas
Soustenir aisément l'assaut de ces combats.
Peut-estre pensez-vous, que de l'Amour ie parle:
Ie ne semble en cela le Roy Sardanapale,
Qui en habit de femme ornoit son corps lascif,
Pour suiure clandestin son desir excessif:
Ie parle bien d'Amour; mais non pas de ses charmes:
De la flamme d'Amour, ouy bien; non de ses armes.
C'est d'vn de qui le cœur me conduit au trespas,
Pour l'auoir par trop veu, & pour ne le voir pas.

Mais

Mais deuinez qui c'est. O la triste nouuelle!
Las! ay-ie bien nourri vn enfant si rebelle?
O ame barbaresque, & pire qu'vn Lyon,
Plus desloyal cent fois que n'estoit Lycaon!
Vous monstrez, ô cruel, que vous estes du vice
L'infaillible pourtraict, Miserable Nourrice!
Deuois-ie desployer ce teton rondelet,
Pour d'vn si beau garson luy faire auoir le laict?
Ha! Philandre, c'est vous, c'est vous qui faictes bresche
Au fort de mon honneur! Las! qu'est-ce qui m'empesche
De m'occir maintenant? O Philandre inhumain!
As-tu guidé tes pas soubs si pauure chemin?
Philandre trop cruel! Marist. Et d'ou sortent ces plaintes
Nourrice, est-ce pas vous, qui faictes ces complaintes?
Nourrice. Madame, las! c'est moy. Marisée. Vous parlez
　　de mon cœur,
Ie l'ay ainsi ouy. Nourrice. Ha! la griesue douleur!
Vostre cœur ie vous prie n'vsez plus de ces termes.
Marisée. Que ie n'en vse plus? Nourrice. O desirs trop
　　peu fermes!
Ce n'est plus vostre cœur, puis que de part en part
Il a blessé le sien pour le mettre autre part.
Madame, ie vous plains. Marisée. Ha! pauure miserable
Quel estrange accident, quelle chose effroyable,
Allez-vous retenant parmy tant de souspirs?
Vous troublez par ces cris, mes sens, & mes esprits.
Nourrice. Ie les puis bien troubler, moy-mesme en suis
　　troublee,
I'en ay bien plus que vous d'ennuy l'ame comblee.

　　　　　　　　　　　　　　　　　　　　Mari

Marifee. *Nourrice, dictes-moy d'ou vous vient ce fouty?*
Nourrice. *Hei Madame, tenés, lifeζ vn peu cecy.*
Marifee. *Cefte lettre eft eferite il y a trois fepmaines.*
Nourrice. *Elle viet de la part de voftre Oncle Dardaines,*
*ie la receus au foir.* Marifee. *Quel eftoit le porteur?*
Nourrice. *C'eft vn qui fe difoit eftre fon feruiteur,*
*voyés-la tout du long, Madame, ie vous prie.*

La lettre leuё Marifee fait ces regrets.

Marifee. *O Tygre enuenimé fource de perfidie!*
*O monftre de nature! ô inique! ô mefchant!*
*T'eftois-tu emparé d'vn propos allechant,*
*Pour eftre le Neron cruel de mon martyre?*
*O volage enchanteur: tu fais que ie foufpire*
*Par mes accens plaintifs la trop afpre douleur,*
*Qui m'aid d'autant de mal, que tu cours de malheur.*
Nourrice. *Helas! qu'y feriés-vous? Madame, a chofe facile*
*il n'y faut d'Aduocat.* Marifee. *A vne telle perte?*
Nour. *On ne perd pas beaucoup, que de perdre vn trompeur:*
*Contre toute fortune on doit auoir bon cœur.*
Marifee. *De cœur i'en ay affez, pour donner courageufe*
*Mes fanglots douloureux à la Parque outrageufe.*
*Que ferois-ie viuante? on diroit qu'vn forfaict*
*procedant de ma part cauferoit ceft effect.*
*Las! helas quel plaifir receurois-ie en ce monde?*
*D'eftre expofee aux vents, & au peril de l'onde,*
*Auoir quitté mon bien, mon lieu, & mes amis,*
*Pour luy auoir mon cœur foubs fon vouloir foubmis,*
*Et foubs autre party fa foy il a rangee:*
*C'eft eftre plus ingrat que n'eft le fifd'Agee.*

E                                    *O Ciel!*

*O Ciel! pourras-tu bien soubs ton mobile cours*
*Endurer ce meschef, sans me donner secours?*
*Hé! Dieux, qui presidez soubs ce lambris celeste,*
*Du souffle de vos feux punissez cest inceste;*
*Faictes que d'vn Sisyphe il endure le mal,*
*Puis qu'il suit de ses traicts le train trop desloyal;*
*La peine d'Ixion ne seroit assez forte*
*Pour gehenner ce cruel; ô Dieux, faictes en sorte,*
*Que comme vn Promethé il viue languissant*
*Par le bec affamé d'vn vautour rauissant;*
*Ou qu'il souffre alteré la soif comme Tantale,*
*Pour esteindre le feu de son Amour brutale;*
*Versez sur son bon-heur, (ô Iupin Dieu tonant,)*
*L'effroyable fureur d'vn foudre altitonant;*
*Bref, n'espargnez en rien vos flammes plus cruelles,*
*Dont iuste vous blessez les ames trop rebelles,*
*Afin qu'vn comme luy voyant tel chastiment,*
*Puisse de vos fureurs euiter le tourment.*
*Exaucez donc ces vœux, ô Deités supremes,*
*Embrassez mes desirs.* Nourrice. *O peines trop extremes,*
*Si son corps enduroit vne moindre douleur,*
*Vous changeriez pour luy à l'instant de couleur.*
Marisee. *Moy pauure infortunee! ayant vne autre femme*
*Ie plaindrois ce pipeur? l'acte en est trop infame.*
Nourrice. *Helas! donés-vous trefue, appaisez ces regrets*
Marisee. *Il faudroit que nos sens fussent plus que discrets*
*Les Dieux mesmes n'ont pas pardonné les iniures*
*Aux fauteurs, qui contre eux se sont monstrés pariures.*
Nourr. *Le tort qu'ô fait aux Dieux n'a point de paragon*

... *suffoquent, Madame, ils ostent de pardon.*

**Marit.** Les Dieux sont rigoureux à ceux, qui ont le vice
pour Seigneur souuerain de leur haute malice;
Et si mon cœur pensoit, qu'il ne fust combattu
De l'ire de ces Dieux, sur ce corps abbattu
J'enfoncerois soudain mille poinctes poignantes,
Qui me feroyent du Styx voir les ondes glissantes:
Aussi vois-ie desia que la mort pas à pas
Me suit, pour attirer mon doux air au trespas,

**No.** Que dictes-vous, Madame? et quoy quelle asseurance?
Armés-vous, comme Iob, du droit de patience,
Et entrés en desespoir, l'Autheur de l'uniuers
Donne à ceux, qui sont siens, des changemens diuers.
N'affligés vostre cœur, ie vous prie, Madame,
Plustost ne portez plus pour luy ny feu, ny flamme,

**Marilee.** Laissons cela, Nourrice. O tardifue Atropos,
Accours, et me meurtris. **Nourrice.** N'vsez de ce propos:
Peu de chose par fois met la personne en peine,
Et mesme quand la mort s'en ensuit si soudaine.
Arrousez seulement de vos pleurs ce discours,
Et en vn autre abysme il pourra prendre cours:
Laissons deçà, Madame, allons. **Marilee.** Las! ie suis morte,

... quelle passion. **Nourrice.** Sans mentir elle est forte:
Venez-vous reposer pour passer vostre ennuy,
Fortune nous pourra donner raison de luy.
Faites mieux, gaignons-le par quelque douce lettre,
Qui l'incite du tout au deuoir se soubsmettre

**Mar.** En vain on presche vn sourd, Nourrice: mais ie veux
Qu'il sçache auant ma mort le succés de mes vœux.

# SCENE II.

Philandre. Fleury, Les trois Chasseurs. Le Iu
L'Aduocat, & le Greffier, tacer.

### Philandre.

Soubs vn gouffre d'ennuys ie me plonge à toute heu
Sans pouuoir appaiser le mal, qui me demeure:
Les vagues de mes sens suffoquent mon bon-heur
Dans l'instable sablon d'vne mer de douleur.
Ie vis tout effaré : mais que dis-ie? est-ce vn songe?
Ouy, nany, c'en est vn, or c'est donc vn mensonge;
Non, il est tres-certain, ie le vois par ceci,
La marque de ces traicts me le figure ainsi.
Or ça, ça, vous, Demons, donnés-moy le courage
De n'auoir moins qu'elle a de rigueur, & de rage.
Faictes bondir sur moy le feu de vos fureurs,
Et m'estouffez l'horreur des soupçonneuses peurs.
Sus, mon bras, ne crain rien, enfle-toy de cholere,
Et te teins dans le sang du sang de ceste Mere.
C'est differé par trop. Mais, où sont mes esprits?
Ie me plains, & à tort la Deesse Cypris
M'arrose des vapeurs d'vn plus bel auantage,
Et me donne les fleurs d'vn plus riche partage,
Ie serois incensé d'en auoir du tourment.
Au contraire ce m'est vn grand allegement.
Hé bien, elle m'escrit ( afin de me desplaire )
Qu'vn poison doit finir sa race de misere;
I'en auray du plaisir : car au moins ceste mort

Ruin

Ruinera le soupçon, qui me donne un remord.
Le dueil qu'elle a d'ouyr que d'vne autre compagne
Ie suis associé, fait qu'elle s'accompagne
D'vn lasche desespoir, & luy rend son humeur
Semblable au deplaisir, qu'elle porte en son cœur.
Le tout va pour le mieux, c'est ores que fortune
Veut cesser fauorable à ne m'estre importune:
La Parque l'annuitant au funebre festin,
Rauira de ma crainte aysément le butin,
Et me fera content au sein de ma Deesse,
Viure en paix à iamais, loing d'amere destresse.
Fleury. Et quoy, mon geniteur, voudriés-vous bien tonstât
Supporter ce malheur? Philandre. Il t'en faut faire autât,
Ie ne veux que ce tour soit tesmoing de ta race,
Afin que toy croissant ne croisse ton audace.
Fleury. Vous pouuez disposer comme Pere de moy.
Philand. Le sort en est ietté, c'est l'arrest de ma foy,
Vien, allons de plus pres approcher ce bocage:
La rame à mon dessein pourra seruir d'ombrage.
Fleury. M'auez-vous engendré pour me faire mourir?
Philandre. Marche, passe deça, ie suis las de t'ouyr,
Pour mien ie te renonce. Fleury. Ayez de ma misere
Au moins quelque pitié, ne soyes si seuere,
Permettez-moy plustost que i'aille vagabond
Visiter de la terre entierement le rond,
Ou que sur l'Ocean à l'onde perilleuse
I'abandonne au destin ma vie langoureuse.
Ce grand Moteur du Ciel, qui d'vn œil tout ouuert
Ne laisse rien passer, qui ne soit descouuert,

Prendroit de ce mesfait iustement la vengeance,
Et puniroit sans doubte aigrement ceste offense:
Cain le peut sçauoir. *Philandre.* Nous n'ē sommes pas-là,
Tu as beau m'en conter, tu passeras par là,
Et quand, & tout astheure, il faut que ceste lame
Separe loing de tous & ton corps, & ton ame.

      Sur ceste entrefaicte les Chasseurs arriuent.
*Les Chass.* Tirualet, ho, thay, tay, hou, deçà, Volant, Thay,
Pilh brisaut, pilh valay, tire auant, haudsa thay
Sth, voyons qu'est cecy, qui dessoubs ce ramage
Semble pousser le vent d'vn funeste langage.
Et à vous, mes amis. Quoy? vous estes transy,
Qu'auez-vous? *Phil.* He! Messieurs, ayés de moy mercy.
*Clorid.* Prenõs garde à cest hõme, il est de mal coulpable.
*Fleury.* Ie vous l'auois biē dit. *Ph.* Ha! pauure miserable!
*Chasseur.* Comment? quoy? dictes-nous la verité du faict?
Y a-il icy quelqu'vn, qui vous aye forfaict?
*Clorid.* Saisissons-le au colet, voyez-vous comme il treble,
Il a dessoubs son bras vn poignard, ce me semble.
Pose les armes, çà, & nous dis la raison
Du tort que tu pretens, ou de ta trahison.
Foy d'homme on soustiendra par le droict ta querelle,
Pourueu que tu ne sois ny menteur, ny rebelle.
Ne nous cele ton mal: ie sçay bien que tousiours
Nous ne pouuons du bien suiure les iustes iours.
*Philandre.* Ie conspirois en moy d'vne ardente furie
D'accourfir de mon Fils le seiour de sa vie.
*Cloridon.* O Pere assassineur! quel est le Lucifer,
Qui t'a forgé le cœur d'vn si malheureux fer?

                                        *Quel*

Quel gosier enchanteur a foudroyé ton ame,
Pour vouloir fulminer ton sang de ceste lame?
O sanguinaire corps! portes-tu dans ton sein
D'vn Tygre rauissant l'effroyable dessein?
Celle, qui t'a nourry, estoit vne Megere,
Tu ne vaus rien meschant, ô le malheureux pere!
1. Chasseur. Vien, impie, maudit, suy-nous, tu en mourras.
2. Chasseur. Messieurs, courons icy, le lieure prend le bas.
Cloridon. O Leurier, pilhauant, haut le bas, hou Cibelle.
1. Chasseur. Le voicy ne le tiens. Clor. La prinse est assez,
Nous pourrons à nostre aise en faire vn bon repas.  [belle,
2. Chasseur. Tu dis vray, Cloridon: mais tu ne contes pas,
Nous prenos & perdons. Clorid. Commet he quelle perte
Pouuons-nous auoir faict. 2. Chas. N'est-elle pas aperte?
Cherche ton prisonnier, il a bien pris le bas,
Ainsi que nostre lieure, & si ne l'auons pas.
Cloridon. O le traistre meurtrier! mais de quelle vistesse
Euitant son peril a-il fendu la presse?
Or çà, ce n'est pas tout, mettons peine d'auoir
La iustice en ce lieu. 2. Chasseur. I'y vay pour y pouruoir,
Elle n'est qu'à deux pas, où elle fait descente
D'vn different iugé au Seigneur de la Plante.
Gardez ce iouuēceau. 1. Chasseur. Pourquoy s'en iroit-il?
2. Chas. Voicy ceux du Cōseil. Le Iuge. Amis, quoy? qui a-il?
Quel debat entre vous? Clor. Messieurs, c'est vn rencontre
Non moins affreux à voir, qu'est la face d'vn monstre.
Le Iuge. Narrez de vostre dire amplement le succés,
Afin qu'en bref on puisse en faire le procés.
On nous attend ailleurs, pour iuger l'homicide

E 4                    Com

*Commis par des voleurs en la plaine Cocyde.*

Clorid. *Vous sçaurez donc, Messieurs, que côme sur le iou*
*Nous faisions en chassant de la forest le tour,*
*Et tenant par nos voix nos leuriers en haleine,*
*Nous ne fusmes si tost arriuez en la plaine,*
*Que soubs ce petit bois nous vismes ce garçon,*
*Que son pere traictoit de mauuaise façon;*
*Et sans nous luy vouloit mettre iusqu'à la garde*
*Ce poignard, n'eust esté de Dieu la sauuegarde.*

Iuge. *Comment le sçaués-vous? il n'est pas offensé.*

Cloridon. *Sans y estre contrainct il nous l'a confessé:*
*Mais le malheur pour nous a esté si contraire,*
*Qu'euitant son peril, d'vne course legere*
*Il se perdit ainsi, qu'vn glaçon, qui se perd,*
*Quand il a du Soleil la chaleur trop souffert.*

L'Aduocat. *Si vostre dire estoit, il faudroit que son ame*
*Eust eclipsé de vous son corps, comme vn fantasme:*
*Ou bien que vos humeurs par vn suc flegmatic*
*Eussent causé sur vous ce dessein fantastic.*

Cloridon. *Oyez-en, s'il vous plaist, le subiect de la cause*

L'Aduoc. *Si vous en estes seur, c'est bien tout autre chose.*
*Ceste faute requiert vn penible tourment,*
*Et conuient en ce cas vous purger par serment,*
*Ou bien nous-en donner vne certaine preuue,*
*Afin que vos discours aisément on appreuue.*

Iuge. *Mais auant que passer plus outre, dictes-nous,*
*Comme il s'est esloigné si finement de vous.*

Cloridon. *Ainsi que ie tenois ce meurtrier soubs ma force,*
*L'hasard d'vn lieure vint, qui dessoubs ceste escorce*

Sortit, & sautelant en mille bons diuers,

Se iette tournoyant de nous tout au trauers.

Lors d'vn œil esueillé ce leurier à la course

Le prend, & sur son dos soudain le mit en trousse.

L'autre voyant cecy ne perdit aucun temps:

Mais s'escarte de nous, tandis que tous contens

Nous suiuions pesle-mesle ainsi ceste poursuite.

Voila, sans vous mentir, comme il a prins la fuite.

Iuge. Vous le deuiez courir Clorid. Et où? par les destrois?

Dans ce pays icy ou tout est plein de bois?

Non pas tous les Archers que le Roy tient à gages.

Ce ne sont que buissons, que taillis, que bocages,

Que fleuues, que marests, que deserts, qu'antres creux,

Qu'abysmes, que forests, que vallons tenebreux:

Bref, ce sont les manoirs, ou Pluton symbolise

Au complot accordant de ceux, dont il fait prise.

Iuge. Venes-çà, le beau fils, de tout ce qu'on a dit,

Dictes-vous, sans mentir, s'il y a contredit.

Fleury. C'est la verité mesme, & bien vne autre chose,

Ha qu'il a bien pis faict. Iuge. Dictes nous-en la cause.

Fleury. Le tout pour son plaisir, le subiect en est né

Pour se voir en vn coup du tout infortuné:

Car du temps qu'il rauit de ce pays ma Mere,

Il n'auoit esprouué les fleaux durs de misere,

Il auoit à souhait d'vn & d'autre costé

Les faueurs, que le temps luy à trop tost osté.

Et se voyant ainsi, d'vne façon atroce

Il a laissé sa race en la terre d'Escosse,

Et m'ayant retiré d'entre les bras heureux

De ma chere Nourrice, il s'eſt fait amoureux,
D'vne autre, qu'il a prins en ſecond mariage,
Laiſſant loing de ſon cœur ma Mere en ce vefuage,
Laquelle ſe voyant traictee en ce diſcord,
Cede d'elle & des ſiens le ſeiour à la mort:
Et luy ſçachant cecy, conclud de mettre à face
Au terroir Prouençal le reſte de ſa race:
Mais l'œil du grand Empire, à qui rien n'eſt caché,
L'en a par ſes Veneurs à l'inſtant empeſché.
Ie ne puis mieux au vray la choſe vous deduire,
Et veux s'il n'eſt ainſi, ſouffrir tout le martyre,
Que l'on pourroit forger à ceux, qui meſchamment
Diſſipent de vos loix le ſainct commandement.
L'Aduocat.  Sans mentir le deſir de ce cruel office
Merite chaſtiment d'vn horrible ſupplice.
Iuge. N'auez-vous point de luy quelque Eſcrit de ſa main:
Fleury. En voicy vn plein ſac, où d'vn traict inhumain
Vous verrez le crayon au vif de ſa malice,
Et de combien ſon ame eſt remplie de vice.
Iuge.  Voyons-le, mon amy, afin que promptement
Nous vuidions plus à plein ſon procés iuſtement.
L'Aduocat.  O quelle cruauté! Neceſſe, il le faut
Iuger par contumace à peine de defaut.
Iuge.  Retirez-vous, amy, & ſoubs autre modelle
Suiuez de la vertu vn ſentier plus fidelle.

### Le Iugement de Philandre.

Veu le certain rapport, qui nous a eſté faict,
Et eu eſgard au ſort d'vn ſi laſche forfaict,
Nous condamnons à plein le Caualier Philandre

A eſtre

Mestre sans delay par feu reduict en cendre,
Aussi tost qu'vn Bourreau de son glaiue acerè
Aura, entre le col sa teste separè,
Laquelle sera mise, au plus haut de la place,
Où ce meurtrier voulut faire voir son audace.
Et donnons plein pouuoir à tous nos Officiers,
Archers, Vissneschaux, Lieutenans & Huissiers,
Baillifs, & Chastelains, & tout autre ayant charge,
En quelque Cour qu'il soit, d'en faire sa descharge,
Se saisissant au corps, & de ce iugement
Luy en faire sentir l'exprés commandement.
En outre nous voulons, que sa seconde femme
Embrasse pour espoux la monastique flamme,
Et à faute de ce, que dedans vne tour
Elle loge ses ans, sa vie, & son amour.
Derechef entendons que son fils legitime
Succede à tous ses biens, & que soubs le regime
D'vn fidelle tuteur il passe son printemps,
Durant & par l'espace enuiron de dix ans,
Et que pour le peril euité de sa vie,
Il resigne ses vœux à la vierge Marie,
Et ses pas à Lorette, où en bon Pelerin
Il chantera les faicts du grand Dieu souuerain.
Et vous, qui du forfaict auez ruinè la trace,
Nous vous donnons pouuoir de vaquer à la Chasse,
Et defenses à tous de ne vous faire tort
En aucune façon, sur peine de la mort.
Tel est vostre plaisir. Iugé soubs les Calendes
Du huictiesme de May, en la forest des Landes.

SCE

# SCENE III.

## Marisee, & ses trois Enfans.

### Marisee.

IE suis lasse d'oüyr chanter non d'vn Ænee,
Mais d'vn pire cent fois la voix trop effrenee:
Non d'vn Demophoon, qui meurtrier de Phillis
Rauit de ses beautez les roses, & les lis.
Mes yeux sont esperdus, quand i'entend qu'vn Thesee
Pariure & desloyal tient sa foy desguisee:
Mais qui plus m'esbloüit, & me blesse le cœur,
C'est de voir mon honneur blessé d'vn plus trompeur.
O sexe fausse-foy, pariure, & qui la rage
Portes dedans tes flancs! as-tu bien le courage.
De reuestir tes mots d'vn fard doublement faux,
Pour nous faire sentir la force de tous maux?
Ta blandissante voix se rend-elle hommagere
Du barbare Scythois? tiens-tu d'vne Megere
La fureur sur le front? ou soubs vn sucré ris
Couues-tu les tourmens d'vn cruel Phalaris?
Ton parler doux-charmeur est l'ameçon, qui traine
Nos cœurs à tes desseins; & ton ris est la chaisne,
Qui lie en vn instant toutes nos volontez
A tes propres desirs, remplis de cruautez.
Qui eust iamais pensé, que ce maudit Philandre
Eust versé sur nos yeux l'effect d'vn tel esclandre?
Luy, qui durant douze ans soubs la loy de Cypris
A faict en mesme couche esgayer ses espris,

Et qui n'a combatu soubs la force androgine,
Qu'auec l'entier adueu de la chaste Lucine;
Et ores ce cruel, ce tyran, ce Bourreau,
A rompu son sainct lict, pour en faire vn nouueau.
Il se rend compagnon du fils de Polymelle
A l'endroict d'Hypsiphile, ô le traistre infidelle!
O homme detestable! ô superbe! ô trompeur!
I'ay veu que si souuent tu m'appellois ton cœur,
Ton tout, ton bien, tes vœux, ton espoir, & ta force;
Et de ses fruicts icy ie n'en suis que l'escorce.
Tu ne iurois sinon qu'au nom de mes desirs,
Qui tousiours respiroyent l'air de leurs doux Zephirs;
Et maintenant (cruel!) tu tiens en ta poictrine
Le dard enuenimé de leur propre ruine.
Tu fais que ie mourray, puis que dedans tes os
Tu portes le desdain, qui trouble mon repos.
O brutal! si au moins la pitié dans ton ame
Eust receu quelque coing pour eschauffer ta flame
A aimer tes enfans! ce desiré trespas
Me seroit vne vie heureuse en ses appas.
Mais, Tygre, tu me rends semblable à Theoxene,
Qui massacrant les siens enseuelit leur peine.
Ou es-tu, Nemesis? ô Deesse Adrastee,
Pour me vanger du tort de ce faussaire Athee.
Aste, tout mon support, Royne de tout meschef,
Du vaisseau Pandorin embroüille-moy le chef,
Donne force à mon bras, esleue mon courage,
Et m'enfle les poulmons du venin de ta rage.
Ne nous fais plus languir soubs la necessité

Mais bats-nous du dur fleau de ta temerité,
Aussi bien mourons-nous viuant en ceste sorte:
Nostre vie en ce monde est vne vie morte.
Çà, mes petits tendrons, voicy de vostre mal
L'antidotaire corps, qui soubs le sein fatal
Logera vos trauaux, & d'vn aise indicible
Vous fera iouyssans d'vne vie paisible.
Receuez-le auec moy, afin qu'en mesme temps
Vous & moy nous quittions ce monde tout contens.
Mon deuoir ne le veut, mon vouloir s'y oblige.
L'espoir d'vn fruict se perd, lors qu'on couppe la tige.
De vous laisser icy loing de vostre contour,
Le marché vous seroit pire que le retour.
Vous n'auriez pour parens, qu'vne triste misere,
Pour amis, que le soing de mandire la Mere,
Qui vous auroit nourry; & pour vostre soulas,
Vostre cœur tendiclet se fondroit en helas.
Ie scay bien qu'on dira desormais que l'idee
Du souuenir que i'ay de l'antique Medee,
Me fait ainsi qu'à elle ( & lors que soubs Typhis
Son Tyran s'embarqua) occir mes ieunes fils:
Mon mal ne gist pas là, ie veux que la memoire
Authorise à iamais mon sexe d'vne gloire,
Et suiure d'Arria, de Lucrece, & Didon,
Et d'vn nombre infiny le genereux renom.
Ie veux que l'on m'estime enuers vous trop seuere,
Et que contre tout droit ie vous sois rude Mere.
Ie prise moins cecy que toute autre rigueur,
Qui vous feroit suruiure en martyre & langueur.

Il faut donc mes enfans, que ce mortel breuuage
Vous face voir du Ciel le superbe heritage:
Il faut, c'est à ce coup, ô mes chers nourriçons,
Que la Parque pour vous tende ses ameçons.
Il faut, il faut mourir, mourons, & d'vne audace
Careſſons celle-là, qui tout malheur efface,
Donnons trefue à nos maux, rabbattons le ſoucy,
Qui ſe campe orgueilleux dans nos cœurs ſans mercy.
Mais il me ſemble à voir, que vos coulantes larmes
Me veulent tout d'vn coup faire quitter les armes,
Vos ſanglots vrays teſmoins d'vne iuſte pitié
M'appellent deuant tous pleine d'inimitié:
Non, non mes plus cheris ie vous ſerois maraſtre
De vous laiſſer croupir ſoubs le faix du deſaſtre.
Prenez cœur mes petits, tirez de ce poſſon
L'hellebore ſubtil de voſtre guariſon.
Beau Deſir, mon cher fils, auant que ie treſpaſſe
Donnez-moy cent baiſers, çà, que ie vous embraſſe,
Mes deux petits mignards, accollez-moy tous trois,
Auant que vous paſſiez de la mort les deſtrois?
Beau Deſir. Et quoy, ſi nous quittons la carriere du mõde
Pourrons nous viure apres en vne plus ſeconde?
Mariſce. Vous aurez à ſouhait toutes ſortes d'esbas,
Et bien d'autre façon qu'on ne les a ça bas,
Vous aurez pour iamais en ces beaux ediſices
L'heur, le bien, le repos, & les parfaicts delices,
Tout y eſt en beauté, c'eſt de tout bien le but,
Bref les Threſors d'icy n'en ſont que le rebut.    ¶ dance
Beau Deſir. Ie le veux donc mourir, pourueu que vous ſa

Tous quatre nous suiurons le train de la cadence.

*Marisee.* Ne tient-il qu'à cela? tenez, faictes ainsi.

*Le Cadet.* Hé ma Mere, attendez, ie veux mourir,

*Le plus petit.* Et moy, n'en suis-ie pas? *Marisee.* Faicts
    en l'ouuerture,

Chascun y aura part par esgale mesure.

Poursuiuez, mon Cadet, voicy de tout tourment,

Et d'angoisseux labeur le doux allegement.

Et vous, mon beau Desir, ce reste à nous deux reste,

Mettons fin au procés de ce trespas funeste.

Embrasse encor d'vn coup la mere de ton cœur,

Et d'vn zele soigneux prenons ceste liqueur.

Humons ce rompt-soucy, brise-soing, chasse-peines,

Et luy donnons logis en nos tremblantes veines.

Prens congé de ieunesse, & moy de mes malheurs.

Seigneur, pardonnez-moy. ha! Dieu, Dieu, ie me meurs.

---

# SCENE IIII.

## Philandre en Hermite, & Fleury en Pelerin.

### Philandre.

Si mon tremblant esquif de glissant imposteur
De son gosier infect atterra le bon-heur,
Et brisa les cordeaux empouppez de la barque,
Par qui ie repoussois l'effroy de son attaque,
Par son art plein d'horreur il mit & ma raison,
Et mes sens calme saincts en sa brune maison,
Et me donna pour soy le droict de sa malice,

p

Pour seigneur, & pour loy, l'exemplaire du vice,
Il graua dans mon cœur l'iniuste cruauté,
Dans mes os le mespris de toute saincteté,
Et fit pour son bourreau, mon bras, qui de furie
Rougissoit à demy sur ma seconde vie:
Ce troublement d'esprit fut aussi tost conceu,
Que i'eus du droict nopcier le droict triple receu,
Et quittant cestuy-cy, ô erreur incensee!
Ie cours au double change, où pour lors ma pensee
S'agitant trop actiue en ma temerité,
Ne me souffloit autre air qu'vn vent de vanité.
Mes desirs ne pouuoient sur ce Globe terrestre
Assés trouuer de lieu pour leur plaisir y mettre.
Le celeste courrier trop tost soubs les rideaux
Cachoit à mon orgueil ses plus diuins flambeaux:
Et trop peu de loisir la Princesse nuictale
Donnoit à la faueur de mon amour brutale.
Bref, i'estois le torrent, où cest Archer sans yeux
Faisoit bruire au resueil ses efforts vitieux.
On ne chantoit sinon que le nom de Philandre,
Par tout on me tenoit pour vn second Menandre.
Vn blond poil releué s'herissoit en guinchant
Sur mes bords iumelets, & là s'alloyent nichant
Les trois Monstres d'Enfer, qui là dessus mon ame
Faisoyent estinceller leur infernale flamme.
La noirastre onde haussoit là son dos ondoyant
Pour attirer ma nef en son creux foudroyant,
Et c'estoit à qui plus la bande Platonique
Fourniroit pour mon mal & d'art, & de practique.

F                    Ma

Mais me voyant pressé par vn plus sainct demon,
Ie fis rentrer chez moy ma plus viue raison:
Luy donnant pour son Roy, pour guide, & pour Helice,
Vn cœur du tout porté à l'assassin de Circe.
Ie dresse vn bataillon, où en lice ie mis
Vn drappeau marqueté, non du nom de Cypris:
Ains du Dieu tout-voyant, & d'vne main hardie
Ie chocque en flanc le fort de toute persidie.
Ie rabbas d'vn renuers tout l'ost, qui viuement
Fut conduit iusqu'au pied du cercueil rudement;
Et vainqueur i'en appends les despoüilles au Temple
Du celeste Dauphin, auec vne voix ample
D'vn trompette esclattant, qui d'vn son doux & sainct
Resonnoit en ses chants ce langage tres-sainct.
O Roy de mon salut, Prince du haut Empire,
Qui fais sentir aux fols la fureur de ton ire,
Et qui d'vn doux regard attires les contris,
Ne repoussant de toy la clameur de leurs cris,
Verse sur moy chetif ta fertile Amalthee,
Et donne force au corps de mon ame infectee,
Plonge moy dans le bain ardent de ton amour,
Et m'inscris au Canal de ta royale Cour.
Ie sçay bien qu'autrefois i'estois le Capanee
Contempteur de tes loix, & qu'au fueillard Penee
I'eusse plustost donné mon oüye au plaisir
Des gasoüillans oyseaux, qu'au chant de ton desir.
Mes yeux eussent plustost œilladé d'vn Eryce
Le temple de Venus, que de ton edifice
Les cristallins flambeaux: & ma langue d'vn Mars,

Ou des autres faux Dieu euſt chanté les haſards,
Pluſtoſt que de ton nom la puiſſance infinie,
Qui d'vn rien fit ce tout pour l'eſtre de ma vie.
Bref, mes ſens vſagez à toute volupté
Donnoient rente foncière à l'infelicité,
Et me gardoient pour ſeau de leur faux artifice
Le manoir ſoubsterrain du glouton precipice.
Mais mon vent attiré ſur vn antre plus haut
M'eſleue courageux d'vn plus agile ſaut,
Me faiſant fendre l'air & d'vne courſe aiſlee
Me place dans le rond de la voute eſtoillee.
Trompette, ceſſe vn peu, tu bleſſes par ces mots
Le Guide-dance expert de l'honneur de ton los:
Nul ne peut de ſa cauſe eſtre Iuge & partie,
C'eſt à Dieu de iuger l'eſtat de noſtre vie.
Mon cœur, croirois-tu bien, qu'encor que dans le cours
De vingt ans i'aye mis hors du monde mes iours,
Triſte, deuot, ieuſnant, & portant vne haire,
Que cecy pour mon crime aye peu ſatisfaire?
Non, non, il faut qu'à ce le digne, & ſacré ſang
Du grand Architecteur ſoit le premier en rang,
Et que d'vn œil bening par ſa miſericorde
Il reçoiue nos vœux ſoubs le nœud de ſa corde.
O Soleil des viuans, qui conduis ſoubs tes pas
Ceux qui ſuiuent le train de ton docte compas,
Reçoy donc du deſir plus ardent de ta grace
Mon corps tout maculé, & qui porte la glace,
Que les froides vapeurs de mes laſches forfaicts
Luy ont iadis donné par leurs ſales effects.

Appai

Appaifes-en, Seigneur, le naufrageux orage
Par le tres-doux Zephyr, qui naift de ton visage.
Saccage les Soldats de l'enorme peché,
Qui ont leur eftendart fur mon ame perché,
Et m'ont ravy le droict, que le Ciel foubs fa ferue
Garde aux hommagers faincts de ta faincte Minerue,
Et doüé de ceft heur ie pourray feurement
Voir le Louure facré de ton haut firmament.
Et pour me difpofer à cefte-fin heureufe,
Ie m'en vay mediter foubs cefte grotte ombreufe
Tes faicts miraculeux, afin que Lucifer
N'aille battant fur moy fon peftiferé fer.
Mais, que voy-ie icy pres, qui foubs fa contenance
Monftre eftre chaftement armé de penitence?
C'eft vn bon Pelerin, il le faut approcher.
Dieu reçoiue vos vœux. Fleury. Et de vous, Pere cher.
Phi. Quel chemin tenez-vous? Fleu. Ie m'ē vay à Lorett
Phil. Vous en perdez le train, il faut prēdre à main droitt
Fleury. Bon Pere, ie le fçay: mais ie fuis foubs les vœux
De mon vouloir forcé en paffant les faincts lieux.
Phil. Forcez-vous voftre cœur, qui doit d'vn faint offi
Offrir au Souuerain vn plus grand facrifice?
Le cœur qu'on donne à Dieu ne veut eftre forcé,
Il faut qu'il foit de flamme & d'amour tout percé.
Fleury. Ie l'appelle forcé, veu que dés ma ieuneffe
Ie fus à ce iugé d'vne fentence expreffe.
Philandre. Et quoy? aués-vous ieune exercé quelque tott
Qui conduife vos pas à vn fi libre port?
Fleury. Non pas moy: mais celuy, qui de ce vitupere

Eftoi

Estoit de mon vray sang le legitime Pere;
Et pour vous en donner plus certaine raison,
C'estoit vn Prouençal de tref-noble maison,
Qui dompta par le feu de son caut artifice
Ma mere, qui soudain accepta son seruice,
Se laissant deceuoir, tout ainsi que l'oyseau,
Qui plus fuit, plus s'empestre au glutineux ormeau;
Et se reigla si bien soubs sa ruse, & cautelle,
Qu'il mit deux cœurs en vn, & se rend maistre d'elle,
Luy faisant voir les Mers, l'Irlande, & le contour,
Qui borne montagneux de l'Escosse le tour.
Où durant douze hyuers d'vne mesme esperance
Ils humoyent le doux air de toute patience.
Luy, qui portoit vn cœur enflé d'impieté,
Allie vn faux pretexte à sa necessité,
Remonstrant qu'il falloit, pour mieux battre sa force,
La laisser quelque temps en la terre d'Escosse,
Et faire voile à plein en son pays natal,
Pour y tirer le fruict de son droict Prouençal.
Il me meine auec luy, & là estant en gage
Son honneur soubs la loy d'vn autre mariage,
Non content de cecy, me promeine en vn bois,
Tout ainsi qu'vn limier, qui suit par les abbois
De son train violent vne fere sauuage,
Escumant iusqu'à ce qu'il en voit le carnage.
Mais Dieu grand protecteur couppa broche au tourment,
Qu'il vouloit eslancer sur moy si fierement,
Et luy donna l'essay qu'vn Cecrope Perille
Receut, soubs l'inuention de sa main trop subtile.

F 3                    Phi

*Philandre.* Hé Dieu, secourez-moy, ie pasme de douleurs,
Le cœur me va battant, ha! Sauueur, ie me meurs.
*Fleury.* Ho! l'estrange, accident! mon Dieu, quelle misere?
Bon Pere, qu'est cecy? Pere sainct! ô bon Pere!
Pauure, helas! que feray-ie icy seul dans ce bois?
Pere sainct, sus, debout. Il n'a ny poux, ny voix.
O celeste rayon, donne par ta clemence
Force à ce corps icy. *Philandre.* Ha! ha! ha! quand i'y pense.
*Fleury.* Courage, ie l'entēds. Cœur sainct, embrassez-moy,
Ha! ie loüe mon Dieu, me voicy hors d'esmoy.
Lors que dedans sa main mon Pere mit la lame
Pour mettre hors de prison ma chetifue & pauure ame,
Ie n'eu pas plus de peur. *Philandre.* Ha! mon fils, le voicy,
Le voicy le meurtrier, ie te crie mercy;
Mon fils, pardonne moy. *Fleury.* Comment est-il possible
Que vous portiez le nom d'vn Pere si terrible?
Croire-ie ne le puis, helas! ce n'est pas vous.
*Phil.* Mon fils, vous souuient-il lors que l'aspre courroux
Des Chasseurs s'eslançoit sur moy, à la poursuite
D'vn lieure qui suruint, comme ie prins la fuite?
*Fleury.* Ha! mō Pere, est-ce vous? ô vray Dieu, de quel heur
Comblez-vous mon esprit? *Phil.* O tres-cher Redempteur!
Quel thresor pouuiez-vous reseruer à ma peine
Plus grand que cestuy-cy? O main trop inhumaine!
Si le Ciel l'eust permis, tu voulois mettre à mort
Celuy, qui maintenant te peut donner confort.
C'est luy de qui la voix peut à ta penitence
Espouuanter l'assaut liuré par ton offence.
Mon fils, donne-moy donc d'vn accent liberal

*vn pardon indulgent, qui eſtaigne mon mal.*

*Fleury. On ne peut demander la choſe qu'on poſſede,*
*Le fils du Pere doit chercher faueur & ayde.*

*Philand. L'offenſe, & le pardon ne peuuët d'vn ſeul lieu*
*Deſloger ſans l'octroy du iuſte droict de Dieu.*

*Fleury. C'eſt au ſuperieur de mettre en ſa puiſſance*
*Tout ce que le deuoir tient ſur l'obeiſſance.*

*Philadre. Faictes-en donc ſortir le ſuc d'vn meſme effect,*
*Afin que tout ainſi le voſtre ſoit parfaict.*

*Fleury. Ce deuoir ſoüilleroit la loy de ma Nature.*

*Philandre. Ce deuoir ſuffira à ma peine ſi dure.*

*Fleury. Voſtre peine a deſia graué deſſus le rond*
*De la grace diuine vn image fecond.*

*Philandre. On ne peut apporter que trop peu d'artifice*
*Pour oſter la rougeur d'vne telle malice:*
*Mon fils, de ce pardon ne me faictes refus.*

*Fleury. Quand vous parlez de ce, vous me rëdez confus.*

*Philandre. Le pardon n'en rendra voſtre ame intereſſee.*

*Fleury. Ne faictes qu'à cecy ma langue ſoit pouſſee:*
*Mais tirez de mes yeux tout ce que voſtre cœur*
*Peut deſirer de moy pour parfaire voſtre heur.*

*Philandre. L'heur ne peut prëdre pied ſur ma debile vie,*
*Si ma demande n'eſt de ce pardon ſuyuie:*
*Pour Dieu donnez-le moy. Fleury. S'il ne reſte à cecy*
*Qu'vn pardon, pour tirer voſtre ame hors de ſoucy,*
*D'vn cœur bening & doux, Pere, ie le vous donne*
*Deſirant qu'il vous ſoit l'eternelle Couronne,*
*Dont le moteur du Ciel reueſt ſes fauoris,*
*Qui ſentent à ſouhait ſes plus floriſſans lis.*

*Philandre.* O mon tres-aymé fils, vous oſtez du Cocyte
Infernal mes trauaux, & par vn tel merite
Vous baſtiſſez au Ciel l'Empyrique maiſon,
Qui ne reiette ceux, qui s'arment de raiſon.
Mon cher fils, ce pardon m'eſt vne medecine,
Qui conforte beaucoup ma debile poictrine.

*Fleury.* Mon pere, ie voudrois pour finir voſtre dueil
Eſpouſer en tout temps la peine d'vn cercueil.

*Philadre.* Ha! mon fils, c'eſt à moy d'en trouuer le riuage,
Et à vous d'accomplir voſtre pelerinage:
L'heure à ce nous inuoque, allons, & de nos vœux
En puiſsions-nous tirer vn ſuccez bien-heureux.

*Fleu.* Plaiſe à Dieu qu'ainſi ſoit; mais auãt que ma courſe
Me force à vous quitter, prenez de ceſte bourſe
Tout ce qu'il vous plairra, vous pourrez par cecy
Renuerſer la langueur, qui croiſt voſtre ſoucy.

*Philandre.* Mon fils, que dictes-vous? toute ma penitence
Ne vaudroit vn feſtu: ha! que mon eſperance
Se repaiſt d'autre mets: ie butte à vn threſor,
Qui lambriſſe ſon prix d'vn plus precieux or.
Ce n'eſt à moy, mon fils, de chercher du Mercure,
Ny du Soleil bruny la roulante peinture:
C'eſt à ceux que la chair nourrit ſoubs les appas
Du Monde, & de Sathan, qui leur tendent ces lacs.
Non pas qu'en ceſt effect ie blaſme ceſt office:
Ie priſe entierement l'offre d'vn tel ſeruice,
Et croy que deſormais l'heur de ce ſouuenir
Prendra le tiers au ſoing, que ie dois ſouſtenir.

*Fleury.* Si le tout ie pouuois loger dedans mes veines,

Et

*t qu'il fuſt ſuffiſant pour eſteindre vos peines,*
*arracherois de vous les languiſſans ſouſpirs,*
*Qui trauaillent les ans de vos pieux deſirs.*
*Philandre. Mon eſprit eſt content, mon fils, de l'aduätage,*
*Que vous m'auez donné, i'en abbatray la rage*
*Des Pages d'Aſtaroth, moyennant que mon Dieu*
*S'appelle pour peupler le Chœur de ſon ſainct lieu.*
*Mais, c'eſt aſſez tenu voſtre temps en haleine,*
*e vous veux mettre au pas du chemin de la plaine,*
*Que vous auez laiſſé, & là vous faire voir*
*Le lieu, où les deuots exercent leur deuoir.*
*Allons, mon cher aymé, allons, ma douce vie,*
*Pourſuiure le deſſein de voſtre ſaincte enuie.*

# SCENE DERNIERE.

Philádre dans ſon lict. L'Eſprit de Mariſee tenant
ſes trois enfans par la main.

## Philandre.

LE vieillard moiſſonneur traine ſa faux trenchante,
Pour ciſeller le fil de ma fin languiſſante.
*e le ſens dans mes os haraſſez de porter*
*Le corps, que mon eſprit ne peut plus ſupporter.*
*Le brandon iournalier ne monſtre plus ſa treſſe*
*A mes yeux louches nez ſur ma courbe vieilleſſe;*
*Et me ſens ia preſſé de rendre au large rond*
*Le tributaire fruict de l'amarry fecond.*
*Ce n'eſtoit qu'vn emprunt, dont Nature la belle*
*M'auoit rendu portier de ſa grand Citadelle;*

F 5 Et

*Et comme i'en gardois le ferme bouleuard,*
*Elle me lance au cœur son plus dangereux dard,*
*Et le transperce à iour, si bien que de ma vie*
*Ne reste qu'vne voix, qu'elle tient ia rauie.*
*Ie tremble tout dans moy, & dessus ce dur lict*
*Ie ne puis m'empescher de songer au delict,*
*Qui me fit tresbucher, lors que d'vne ame feinte*
*Ie donnay tant d'Adieux à ma douce conjoincte.*
*O cœur plein de venin! pouuois-tu bien alors*
*Ietter contre tout droict tant de poison dehors?*
*Helas! rare beauté, s'il te souuient encore*
*Du mal pire beaucoup que celuy de Pandore,*
*Que ie versay sur toy, n'en cherches la rigueur*
*Du iuste iugement de ton Maistre & Seigneur:*
*Mais plustost requiers-luy, que mon nom il n'escarte*
*Du cayer souuerain de sa saincte Pancarte,*
*Afin qu'auprès de toy & de mes chers enfans,*
*Ie gouste le Nectar de ses dons triomphans.*
*Mais, helas! ie me sens aggraué sur l'areine*
*Du sommeil, qui m'abbat, & me fait perdre haleine.*
*Hé! Dieu, veille pour moy, tandis que le repos*
*Soulagera le mal, qui me brise les os.*

Aprés ce discours Marisee entre en Esprit, tenant
ses trois enfans par la main.

L'Esprit. *Tandis que le rideau de tes chants se resserre*
*Soubs le poudreux seiour du sommeil, qui t'atterre,*
*Et que par l'hecatombe il te faut à ton tour*
*Suiure le pas aislé du Clotide contour,*
*Ie te viens annoncer les lettres de ta grace,*

Acqui

Acquises au conseil de ton austere trace.
Fay voler ton esprit hardiment & sans peur
Dans l'Olympe sacré, qui t'ouure ia son cœur.
Le murmure bruyant de la plaine souffreuse
Ne participe plus à la fin langoureuse
De tes anciens mesfaicts, tu les as abbatu
Par le fleau penitent, qui ton corps à battu.
Voicy pres de ton lict ceux, que la douce amorce
De nos amours passez firent naistre en Escosse:
Ils te tendent les bras, & n'ont autre desir,
Que de ioindre auec toy leur amoureux plaisir.
Ie ne suis pas icy pour te mettre en memoire
Le tort que tu nous fis, lors qu'enflé d'vne gloire
Le vent de tes malheurs te porta en ton lieu,
Preferant ton vouloir au vouloir de ton Dieu.
I'y suis pour le respect, que i'ay de ta fortune,
Qui sera tout ainsi qu'à la mienne commune:
Car si ta penitence a ton crime estouffé,
La priere des miens a le mien estouffé;
Et sans eux la boisson, que i'auois preparee,
M'estoit vne boisson toute desesperee.
Haste-toy donc, Espoux, de prester au tombeau
Ton esprit tout voilé du timide bandeau:
Reiette la frayeur, qui saisit le courage
De ceux, qui de la mort en redoubtent l'orage:
Vien vers nous, on t'attend au salutaire apport,
Où la nef de vertù peut aborder à port.
Philandre. Ie suis prest de donner à la masse endormie
Les sanglots derniers nés de ma penible vie,

Et plus preſt de liurer mon ame ſoubs la main
De celuy, qui en eſt le Prince ſouuerain:
Qui que tu ſois, Eſprit, qui portes la nouuelle,
Qui me doit coronner d'vne gloire ſi belle,
Si tu n'es le Morphee, ou d'vne fauſſe erreur
Tu vas fantaſtiquant en ſongeant noſtre cœur;
De grace aſſeure-moy, ſi ta voix incogneüe
Eſt voix imaginaire, ou ſeurement conceüe.

L'Eſprit. La voix, qui vient du Ciel, ne releue du faux,
Renuerſe ſeulement par la mort tes trauaux,
Et nous viens embraſſer: car il faut que tu partes,
Les filandieres Sœurs te tiennent ſoubs leurs pattes.
Donne au Dieu tout-puiſſant ta derniere Oraiſon,
Et nous ſuis, tu verras ſon illuſtre maiſon.
Il eſt temps de marcher, mets toy donc en campagne,
Celle qui t'aduertit, eſt ta douce compagne.

Philãdre. O chere Ame, eſt-ce vous, qui par ce ſoing final
Me monſtrez la douceur dans l'aigreur de mon mal?
Faictes-vous tant pour moy, que d'auoir ſouuenance
D'vn eſprit ſi contraire à voſtre obeiſſance?

L'Eſprit. Le ſouuenir du mal, que ton œil me laiſſa,
Se perdit auſſi toſt que le mien treſpaſſa:
Et depuis par les pleurs de ton cœur qui ſouſpire,
Le Ciel s'eſt deſarmé contre toy de ſon ire:
Bien eſt vray que nos vœux y ont ſeruy d'autant,
Et ont parfaict le bien, qui te rendra content

Philandre. O Eſprit tout diuin, puis-i' auoir mis en route
Mõ mal pan ce ſoucy? L'Eſprit. N'en entre pas en doubte:
Le Monarque ſans pair ne ſe ſert d'vn Heraut

Fauſſaire,

Fauſſaire,ou corrupteur des loix,qui ſont là haut,
Phil. *Helas! lors que ie mis ma chair ſoubs la puiſſance*
*Du ſolitaire lieu dé céſte penitence,*
*Mon eſprit combattoit le prix de mon eſpoir,*
*Et retenoit mon ame au champ du deſeſpoir,*
*M'imaginant par fois,que l'habit,que ie porte,*
*Ne pourroit battre à pied ma malice ſi forte.*
L'Eſprit. *C'eſt ta legere foy,qui voltigeoit dans l'air*
*De tes laſches forfaicts,qui te faiſoit parler,*
*Et d'vn ſaut te vouloit precipiter en l'onde*
*Du torrent ſourcilleux de l'Auerne profonde:*
*Car par là tu voulois limiter à ton mal*
*La douceur du grand Dieu par vn nombre fatal.*
*Luy,qui reçoit vn cœur armé d'obeïſſance,*
*Tu le iugeois vangeur,& remply d'arrogance.*
*C'eſtoit puiſer en l'eau de ton impieté*
*L'aduerſaire vaiſſeau du brandon d'equité:*
*Mais puis qu'vn vent plus doux t'a fait voir le riuage*
*D'vn ferme repentir,donne-toy bon courage,*
*Et nous ſuy,& de pres;nous logerons tes vœux,*
*Ton ame,& ton amour,au ſejour des heureux.*
Philand. *Mais auant que partir,faictes-moy tant de grace*
*De me monſtrer ainſi qu'autrefois voſtre face,*
*Et me datter le iour,qu'il faudra que mon corps*
*Pouſſe le mouuement de ſon ame dehors.*
L'Eſpr. *Tes yeux ſont obſcurcis d'vn trop eſpais ombrage,*
*Pour voir de mon Eſprit le ſi brillant ouurage:*
*Le contraire touſiours à ſon contraire nuit:*
*Mon eſprit eſt vn iour,le tien eſt vne nuit*

*Mais si tu me veux voir, despoüille ceste masse*
*De chair, qui t'esbloüit. Philadre. O Esprit, quand sera*
*L'Esprit. Ce sera maintenant, ma charge ne m'a pas*
*Fait d'vn coup franchir l'air, que pour voir ton trespas,*
*Il te faut desloger, l'eminente Cornette*
*Des Chantres celestins esueille son Trompette,*
*Pour t'assigner à ce vien donc prendre ton rang,*
*Et donne au Ciel ton ame, à la terre ton sang.*
*L'heure expire, & desia ma fidelle ambassade*
*Te coniure à dresser vne haute barricade,*
*Soustenant l'escadron obstiné des demons,*
*Qui font ia battre aux champs leurs foudroyans canon,*
*Et veulent esprouuer ton extreme agonie,*
*Par le boulet meurtrier de leur meschante vie.*
*Mais pour charmer le feu de leur temerité,*
*Arme-toy des accens doux de la pieté,*
*Et les range au pourpris du grand Dieu des alarmes,*
*Qui si tost mettra bas la fureur de leurs armes.*
*Dispose donc ta main à tirer vn crayon,*
*Qui au vif face voir le naturel rayon*
*De ton humilité, & d'vne course agile,*
*Tu verras du grand Dieu la citadine ville.*
*Ne differe rien plus: car voicy le moment,*
*Qui tire à pas aislez ton air au monument.*
*Courage, mon Espoux. Philandre. O heureuse ambassade*
*Puis qu'il faut desloger de la prison malade*
*De ce corps, mon Esprit, c'est bien plus que raison,*
*Que ie face au Seigneur oüir mon Oraison.*
*L'Esp. Fay la courte, mon cœur, l'heure au despart te press*

Phil. *Gloire à toy, mon Sauueur, qui combles d'alegresse*
*Incessamment celuy, qui contrit va flottant*
*L'Ocean de tes vœux, & d'vn voile constant*
*Bannit le vent flatteur des delices du Monde.*
*En la main, doux IESVS, de ta grace feconde*
*Reçois ce pauure esprit, tasché de ses mesfaicts,*
*Toy seul le peux lustrer de l'eau de tes effects.*
*Guides-le donc, Seigneur, sous le ioug de ton aisle,*
*Il ira courageux aborder la nacelle*
*Benie de tout temps à ceux, qui de ton nom*
*Ont graué dans le cœur ton glorieux renom.*

L'Esp. *Il suffit, bel Esprit.* Phil. *Ha! mon Dieu, ie trespasse:*
*Ne m'oublie, Seigneur.* L'Esprit. *Deslogeons, &*
*m'embrasse.*

## Virtus ad gloriam ducit.

# CONSENTEMENT.

IE consens pour le Roy l'impression du present liure. Faict à Lyon, ce 19. Iuillet, 1619.

BOLLIOVD

# *PERMISSION.*

IL est permis à *Ionas Gautherin, Maistre Imprimeur* Lyon, *d'imprimer, ou faire imprimer, vendre, ou distri-* buer la presente Tragecomedie, cōposee par Gilbert Giboin, Molinois, *auec defenses à tous Imprimeurs & Libraires de l'imprimer, ou faire imprimer, vendre, ou distribuer, sans le sceu, & consentemēt dudict Gautherin, aux peines portees par les Ordonnances. Faict à Lyon, ce 19. Iuillet, 1619.*

SEVE Lieutenant General

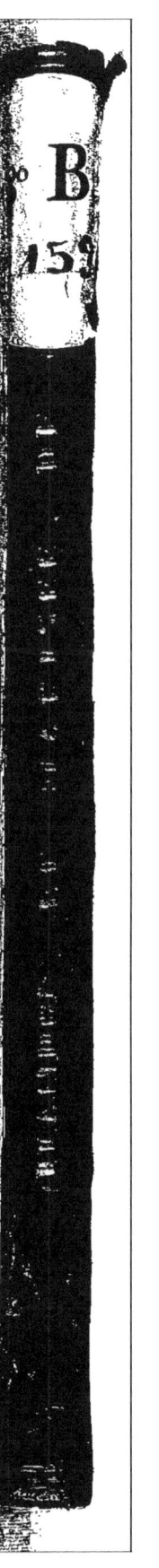

B
159

www.ingramcontent.com/pod-product-compliance
Lightning Source LLC
Chambersburg PA
CBHW071113260626
47162CB00006B/2311